호랑지빠귀 우는
고양이의 계절

호랑지빠귀 우는
고양이의 계절

—

1판 1쇄   2023년 8월 23일 발행

지은이   김영석
편집   김영석, 김동현
기획   도서출판카논
디자인 김동현
펴낸곳 도서출판카논
ISBN   979-11-979582-5-0   03810
가격   15,000원

이 책의 저작권은 저자에게 있습니다. 저자의 허락없이 내용의 일부를 인용하거나 발췌하는 것을 금합니다.
비즈니스 및 작가 문의. canonpublisher@gmail.com

호랑지빠귀
우는

고양이의
계절

김영석
KIM YOUNG SEOK

CANON

목차

책 머리에

호랑지빠귀 우는 고양이의 계절	17
온 세일	47
프랑스 말로는 코아코아	69
푼타아레나스행 택배	89
강화, 카프리 그리고 섬섬	111
디쏠(D'soul)	137
산타 키아라 광장에서 추는 춤	163

비타 노바(vita nova), 애도하는 주체의 에토스

책머리에

히이호~오 히이호~오 우는 새가 있다. 짙은 어둠이 내리면 울기 시작해
동틀 무렵 가장 섧게 운다는 새, 그 소리가 기괴해 귀신새라 불리기도 한다.
이 귀신새는 여름에 알을 낳고 겨울엔 따뜻한 곳을 찾아 먼바다를 건넌다.

계절에도 주인이 있을까?
여름, 한낮의 주인은 담벼락에 올라앉은 고양이.
여름밤은 호랑지빠귀라 생각했던 적이 있다.

우거진 숲 가까이 살던 시절 새벽녘까지 잠을 이루지 못한 날들이 많았다.
히이호~오
히이오~오
열린 창 너머에서 알 수 없는 울음소리가 들려오곤 했다.
나중에 보니 호랑지빠귀였다. 나는 알지도 못하는 새의 울음소리를 들으며
책상에 앉아 글을 쓰고 있었다. 끊어질 듯 끊어지지 않고 날이 밝을 때까지.
창가에 기대 듣고 있다 보면 누군가가 떠올랐다.
살다 보면 곁에 있던 누군가가 귀신처럼 사라질 때가 있다.
날이 밝아져도 다시는 만날 수 없는
먼바다를 건너 그들만의 세상으로 떠난 사람들이 있다.

몇 해 전 그렇게 떠났던 이가 있다.

의도했던 건 아니지만 이 소설집엔 죽음을 테마로 한 단편이 여럿 담겨 있다.
이제 와 보면 많은 이별을 하며 살아왔구나 생각한다.
모든 문양을 양각으로 팔 필요는 없듯, 때로 이별을 통해 삶을 말한다.
짙은 어둠 속에서 여름 한낮의 아지랑이를 떠올린다.

호랑지빠귀 우는 고양이의 계절에 이 책을 내어놓는다.
먼바다를 건넌 누군가를 그리워하는 이들에게 이 책을 전한다.

이름도 모르는 독자들에게 내 마음, 호랑지빠귀의 울음을 속삭여 본다.

호랑지빠귀 우는
고양이의 계절

호랑지빠귀 우는
고양이의 계절

여름이 지나가버렸다. 센터 주변을 배회하던 길냥이 탱구도 어디로 갔는지 보이지 않았다. 한 달 남짓, 대형 유기견 센터를 감싸고 있는 야트막한 산들의 풍경 또한 변해있었다. 비에 젖은 잎들이 축 늘어져 숲이 잔뜩 웅크리고 있는 것만 같았다. 사무실엔 들르지 않고 작은 연못이 있는 마당 가장자리를 향해 걸었다. 부슬부슬 내리는 빗방울이 수면 위로 떨어졌다. 울타리 쪽 플라타너스 가지에 드리운 거미줄에도 물방울이 맺혀있었다. 숲에서 바람이 불어와 나뭇가지에 드리운 거미줄도 연못의 수면도 함께 흔들렸다. 흔들리는 수면을 바라보며 한참을 서 있었다. 은영에 대해서, 홀린 듯 사라져버린 지난 여름에 대해 생각했다. 어떻게 된 걸까, 내게 무슨 일이 벌어졌던 걸까, 은영은 왜 그랬던 걸까. 온갖 상상이 머릿속을 휘저었지만 그럼에도 세상 사람들이 말하는 그 단어를 입에 올릴 수는 없었다. 언젠가 은영이 말했던 것처럼 그저 떠난 건지도 몰랐다. 어떤 이들에게는 떠나는 것이 더 나은 선택이 될 수 있을까. 조금은 알 것 같으면서도 아무것도 모른다는 걸 나는 알고 있다. 내가 아는 유일한 사실은 계절이 바뀌었다는 것과 은영은 고양이의 계절 외에는 존재하지 않는다는 것뿐.

비가 잦아들자 해 지기 전 마지막 볕이 연못으로 비춰들었다. 주황빛 수면 위로 날벌레가 날아들어 작은 파장이 동심원을 그리며 뻗어나갔다. 물가에 바짝 다가앉아 언젠가 그랬던 것처럼 수면 아래로 손을 넣었다. 차가운 물이 손등에 닿았다. 손을 들어 냄새를 맡았다. 퀴퀴하고 비릿한 냄새가 현실을 일깨워 주지만 여전히 모든 게 비현실적으로만 느껴졌다. 끔찍한 꿈을 꾸고 있는 것 같았다.

아침에도 그런 끔찍한 기분에 사로잡혀 하루를 시작했다. 기억이 사물일 수 있다면, 끔찍한 기억을 입에 문 고양이가 종일 날 노려보고 있는 것 같다는 그런 기분으로. 지난 한 달 동안 그런 감정에서 벗어날 수 없었다. 자다 깨다를 반복한 눈을 비비고 얼굴을 쓸어내렸더니 손에 기름이 묻어났다. 손바닥을 펴자 손금 선이 뚜렷하게 드러났다. 초년운, 재물복, 연애운 어느 것 하나 좋아 보이는 건 없었다.

새벽녘 간신히 잠에 들었을 때도 여느 날과 마찬가지로 여지없이 꿈을 꾸었다. 아니 꿈이라기보다는 거대한 이미지를 떠올린 듯했다. 어떤 장면에서는 고화소 사진처럼 또렷했고 어떤 장면은 서둘러 노출된 폴라로이드처럼 허옇게 뜬 모습으로 펼쳐졌다. 현실과 연결되지 않는 부분도 있었지만 대부분은 내게 잠수이별을 고한 은영에 관한 것들이었다. 지난 얼마간 일상을 팽개친 채 은영의 흔적을 찾아 헤맸다. 처음에는 걱정 때문이었고 그다음엔 분을 참을 수 없어서였고 그 후론 살아 있는 것만이라도 알고 싶단 생각 때문이었다. 그렇게 모든 걸 내려놓은 채 매달렸지만 단 한 조각의 퍼즐조차 풀 수 없었다. 그런 내가 안쓰러웠는지 은영은 가끔 꿈에 나타나주었다. 하지만 아무 말도 없이 증발한 은영답게 꿈에서도 내게 눈을 맞춰 주지 않았다.

너란 인간.

세면대 앞에 서서 허옇게 낀 설태를 지우려 칫솔을 목구멍 깊숙이 집어넣었다. 구역질이 올라오고 금세 눈가가 젖어왔다. 젖은 시야에 지난밤에 꾸었던 이미지가 다시금 번져왔다. 10억 화소 아니 그보다 더 선명한 이미지가 머릿속에 떠올랐다. 은영은 늘 짓던 그 표정을 하고 있다. 생각에 잠긴 건지 쓸쓸함을 감추기 위한 표정인지 알 수 없는 낯빛. 그 알 수 없는 표정 뒤로 펼쳐진 풍경. 파주 외곽에 위치한 유기견 센터, 그 한쪽 구석에 자리한 연못과 그 옆의 플라타너스. 초록색 철제 울타리로 경계가 나뉜 센터와 그 밖으로 펼쳐진 야트막한 언덕과 푸른 하늘 그리고 여름. 고양이의 계절 속에 담겨 있는 풍경.

구역질이 멈추지 않아 세면대를 부여잡았다. 거울 속 실핏줄이 그득한 눈동자를 보고 있자 꿈에서 봤던 이미지들이 생생하게 움직이기 시작했다. 센터 주변 숲에서 바람이 불어오고 잎사귀가 서걱거린다. 은영은 헝클어진 앞머리를 쓸어 올리며 연못 옆에 자리한 벤치에 앉는다. 기다렸다는 듯 바닥에 누워 있던 길냥이 탱구가 사뿐 뛰어 올라 은영의 무릎에 착지한다. 뛰었다기보다는 튀어 오른 탱구. 마흔 아홉 마리 대형 유기견들이 살고 있는 센터에 들어와 간식을 훔쳐 먹기도 하고 주변을 어슬렁거리는 길냥이 녀석. 탱구가 나를 흘끔 보고는 고개를 돌린다. 은영은 탱구의 목덜미를 쓰다듬으며 시선을 허공으로 던진다. 그 앞에 우두커니 서 있는 나. 은영은 멍한 눈으로 펼쳐진 하늘을 보고 있다. 여름, 숲에서 바람이 불어오고 초록이 사방에 흩어져 있다. 나는 은영을 향해 멋쩍게 손을 흔든다. 은영이 내 쪽으로 고개를 돌리지만 우리들의 시선은 만나지 않는다. 나는 텅 빈 은영의 눈을 보고 있으면서도 더 깊이 들여 보고 싶어, 그 안으로 들어가고 싶어, 라고 말한다. 은영의 시선이 나를 뚫고 스쳐간다. 어디를 보고 있는 걸까? 거기 서 있는 내 몸을 뚫고……

더는 이런 식으로 살 수 없단 생각에 물이 가득 찬 세면대에 얼굴을 처박았다. 한참이나 숨을 참다 젖은 얼굴을 들자 세면대 위로 물이 뚝뚝, 비처럼 떨어졌다. 언젠가 센터 뒤편의 작은 연못에도 비가 내렸다. 그날 은영은 소나기를 피할 생각도 없이 벤치에 앉아 비에 젖은 채 위태롭게 연못을 돌고 있는 젖은 종이배를 바라보고 있었다. 센터 사무실에 나뒹굴던 마트 전단지를 접어 띄워 준 종이배였다. 소나기는 얼마 지나지 않아 멈췄고 곧 다시 해가 떠올랐다. 8월의 해는 따가웠고 언제 그랬냐는 듯 사방은 바싹 말라붙었다. 은영이 입고 있던 연노란 원피스도 볼품없이 구겨졌지만 은영은 상관없다는 듯 햇살에 눈을 찌푸리며 그저 허공을 바라보고 있었다.

자원봉사자들이 일을 마치고 떠나는 화요일 오후 4시의 센터는 고요했다. 우리가 자주 머물던 연못 근처는 더욱 조용했다. 그 시간이면 플라타너스 그림자가 연못의 반 이상을 덮었고 중간 중간 무성하게 핀 잎사귀 사이를 뚫고 햇살이 사선으로 뻗어 수면에 닿았다. 수면에 닿은 햇살이 산란하면 그 햇살 속에서 다양한 모습의 먼지가 피어올랐다. 은영은 그 모습을 좋아했다. 나 역시 은영을 따라 함께 바라보았다. 먼지가 이는 모양은 바람결에 따라 달랐는데 담배 연기 같을 때도 있었고 때론 몸을 잔뜩 웅크린 어린 발레리나 같기도 했다. 은영은 그런 광경에 넋을 놓았고 나는 수면에 비친 은영을 바라보았다. 귀밑머리를 손으로 훑는 모습, 먼지를 향해 손을 뻗는 은영의 모습을.

연못에 비친 은영은 남들과 다를 바 없이 평온한 얼굴을 하고 있었다. 가끔씩 긴장한 사람처럼 땀에 밴 손바닥을 허벅지에 문지르든가 입술을 빨아 대는 것 말고는 남다를 게 없었다. 한 여름 연못에는 희미하게 타오르는 태양과 새털구름, 플라타너스와 은영 그리고 꼬리를 곧추세운 탱구가 있었다. 때때로 날벌레가 앉았다 날아오를 때면 수면이 일렁였다. 연못에 비친, 어깨를 움츠린 채 탱구를 안고 있던 은영의 모습도 함께 일렁였다. 나는 은영의 얼굴이 다시 나타나길 기다리며 연못 속에 손을 넣었다. 잔물결이 손등에 닿는 느낌이 부드러웠다.

천천히 휘저은 손을 들어 냄새를 맡았다. 익숙한 물비린내와 호박잎 삶은 냄새가 풍겨왔다. 손목을 타고 내린 물이 셔츠 안으로 흘러내렸다. 내 몸으로 스며들었다. 한동안 잠잠하던 매미가 울어댔고 연못을 한 바퀴 돌아 나온 종이배가 우리 앞을 지나쳤다. 어느새 은영은 내 곁에 쪼그려 앉았다.

그늘이 져서 여름인데도 시원한 느낌이⋯⋯.

그러니까요. 좋은데요. 참, 중간에 쉬긴 했어도 센터에 꽤 오래 나왔다면서요. 그때도 연못이 있었어요?

네. 센터가 강서구에서 파주로 이전했을 때부터.

그랬구나.

이 시간대가 좋아요.

이 시간대?

그늘지는.

해 지기 전 오후 시간대 말하는 거예요?

고양이의 계절일 때만 그렇죠.

고양이의 계절?

⋯⋯.

뒤를 돌아보니 일을 마친 자원봉사자들이 센터를 빠져나가고 있었다. 사무실에서 아이스커피를 대접받고 돌아가는 모양이었다. 한참 전에 막사 안으로 들여보낸 유기견들로 인해 마당은 썰렁했다. 몇몇 녀석들이 막사 안에서도 짖어댔지만 그것도 얼마 안 가 잦아들었다.

은영 씨는 집이 어디에요? 파주 사람이세요?

⋯⋯.

저는 여기서 가까운데. 저기, 금촌역 근처라.

대답이 없던 은영. 은영은 물음표로 끝나는 말에는 어떤 반응도 보이지 않았고 물음표로 끝나는 말을 남에게 하지도 않았다. 돌이켜보면 질문인가? 싶은 느낌의 말조차 내게 건네지 않았다. 나이와 직업, 좋아하는 음식, 흰 색 셔츠를 입고 올 때는 파란 색 양말만 신는 내 습관, 그 어떤 것에 관해서도 궁금해하지 않았다. 남에게 질문을 하지 않았기 때문인지 타인의 질문에도 아무런 대답도 하지 않았다. 미안한 표정조차도 짓지 않았다. 이상한 여자가? 평범한 모습이라고는 찾을 수 없었지만 그런 은영이 싫지 않았다. 왠지 현실이 낯설어 그럴지도 모르겠단 생각이 들기도 했다. 길고 긴 동면 끝에 봄을 건너뛰고 첫 여름을 맞았는지도 모르겠다고…….

멀어지는 종이배를 향해 은영이 손짓했다. 꺼내 달라는 뜻인가 싶어 얼른 팔을 뻗었지만 종이배는 어느새 연못 중심을 향해 밀려나기 시작했다. 종이배 갑판 오른쪽으로 꿀수박 한 통에 16,900원이란 문구가 비스듬히 보였다. 내가 두 손을 모아 수박 먹는 시늉을 하자 그제야 은영이 웃었다. 구름이 낮게 흘렀다. 팔월 초입, 연못가 주변은 고요하다 못해 쓸쓸했다. 나는 땅바닥에 앉아 얼굴은 그늘 아래 두고 볕이 난 곳으로 두 발을 쭉 뻗었다.

은영은 그런 식으로 두 시간의 케이지 청소, 밥 주기, 목욕시키기 등의 봉사 활동이 끝나면 삼십분 정도 연못가에 앉아 있다 집으로 돌아가곤 했다. 무더운 날이라고 해서 그냥 가는 법이 없었다. 매주 화요일 오후 2시부터 4시 반까지의 자원 봉사 그리고 연못가에서의 풍경 보기 그게 은영에게는 삶의 전부인 것 같았다. 나만의 착각일 수 있었지만 한 주 지나 다시 은영의 얼굴을 마주하고 나면 내 생각이 맞을 거란 확신이 들곤 했다. 은영의 얼굴에는 아무런 흔적이 묻어있지 않았다. 5분 전에 만났던 사람처럼 그대로였다. 힘들었을 사회생활, 즐거웠을 친구들과의 만남, 때때로 부딪혀 사는 가족과의 일상의 흔적, 늦은 저녁 편의점에 들러 맥주 한 캔 집어 들고 돌아가는 사소한 일상조차도. 그런 평범한 시간의 흔적이 은영의 얼굴엔 남아 있지 않았다. 그 어떤 미련이나 집착도 두지 않아서인지 정말로 아무런 일도 일어나지 않았던 건지 알 수 없었지만 그런 은영을 보고 있으면 은영의 삶은 과거와 현재 미래에 흩어져 있지 않고 그저 지금 여기에 오롯이 펼쳐져 있는 것만 같았다. 텅 비어진 채로.

다른 봉사자들과 차를 마시거나 말을 섞는 법도 없었고 6년 간 동고동락한 센터장하고도 겨우 눈인사를 나눌 뿐이었다. 그럼에도 센터장은 은영을 살뜰히 챙기는 듯했다. 딱히 말을 걸거나 하진 않았어도 따뜻한 눈으로 은영을 바라봐주었다. 나 역시 은영 곁을 서성였다. 처음엔 경계하던 은영도 언제부턴가는 나를 길냥이처럼 대해주었다. 내가 특별해서 받아준 건 아닐 것이다. 그저 자신을 찾아온 길냥이를 쫓아내지 않았던 것일 뿐. 다만 나는 은영이 침묵할 때는 침묵을 깨지 않았고 무슨 말을 하더라도 왜요, 무슨 뜻으로 하는 말이에요? 하고 되묻지 않았다.

하루는 탱구가 숲에서 쥐를 물어왔던 적이 있다. 우리는 하늘에 뜬 낮달을 구경하고 있었는데 물린 자리에 핏기가 살짝 돌았고 몸통은 축 늘어져 이미 죽어있는 듯했다. 꼬리가 길지 않고 몸집도 작은 걸로 봐서 어른 쥐는 아니었다. 나는 깜짝 놀라 은영에게로 시선을 돌렸다. 은영도 당황한 듯 했지만 쥐를 물고 온 탱구를 나무라지는 않았다. 그저 한동안 침묵했다가 희미한 낮달을 보며 말했다.

밤이 되면 뚜렷해질까요?

무슨 뜻으로 한 말인지 몰라 은영의 표정을 살피며 답했다.

달이요? 그러겠죠. 가끔 보면 신기해요. 낮에 달이 뜬다는 게.

신기할 건 없어요. 원래도 하늘에 떠 있지만 숨어 있는 것뿐이니까. 어떤 날엔 별이 뜰 때도 있어요.

뭔가 특별한 느낌인데요? 보면 소원 빌어야겠네.

오늘 저녁엔 비 온대요…….

울타리 너머 풀숲에서 부스럭거리는 소리가 들려왔다. 다른 길냥이인 것 같았는데 녀석은 센터 안으로 들어오려 하지 않았다. 사방에서 진동하는 개 냄새 때문이었을 것이다. 녀석은 바닥을 긁어댔고 탱구는 은영을 쳐다보고는 쥐를 문 채 재빨리 풀숲으로 떠나갔다.

여자 친구 왔나 보네.

실없는 내 말에 은영이 엷게 미소 지었다.

양치를 하고 나와 거울 앞에 섰다. 몇 주 만에 6킬로 가까이 빠져 뱃살이 쏙 들어가고 얼굴은 초췌했다. 며칠 밤을 뜬눈으로 새우기도 했고 어떨 땐 내리 열여덟 시간을 자기도 했다. 밖을 나가야 할 땐 더운데도 후드티를 입었고 땅바닥을 보며 걸었다. 전화를 받지 않았고 누구와도 연락하지 않았다. 낮에는 미친 듯이 걷다가 해가 지면 집 앞 공원 벤치에 앉아 사람들이 훌라후프를 돌리는 모습이나 데리고 나온 강아지와 산책하는 걸 지켜봤다. 밤이 되면 뒤척이다 새벽쯤 길냥이 밥자리 몇 곳을 챙겨주고는 집으로 돌아왔다. 밤이 더디 갔으며 때로 스무 살 이후 결별한 신에게 기도해봤지만 응답은 없었다.

냉동식품이라도 먹을 생각으로 냉장고를 여는 순간 핸드폰이 울렸다. 미루고 미뤘던 목공예 공방 수업을 요청하는 수강생인가? 아직 누군갈 만날 기분이 아니었지만 끈질기게 울리는 벨소리가 듣기 싫어 책상 위 핸드폰을 집어 들었다. 예상치 못한 번호였다.

여보세요.

통화되세요? 저 유인경이에요.

아 예, 센터장님.

개인정보유출은 죽어도 안 된다는 핀잔을 듣고도 세 번이나 찾아간 보람이 있었는지 드디어 소식을 들을 수 있었다. 아니 정확히는 은영을 안다는 사람을 연결해주겠다고 했다.

저도 사정사정해서 두 번 세 번 부탁해가지고 오케이 받은 거거든요. 어쨌든 소식 잘 들었으면 좋겠어요. 저희도 걱정되기도 하고요.

아 네. 지난번엔 너무 막무가내로 부탁드려서. 죄송… 했습니다.

아유, 뭘요. 일단 연락처 드릴 테니 그쪽하고 얘기해보세요. 은영 씨 잘 아는 분인데 센터에 은영 씨 소개해주신 분이기도 해요. 전에 우리 센터에서 봉사활동 오래 하기도 했고요.

고맙습니다.

탱구 혼자 앉아 있는 거 보면 우리도 마음 아파요.

요즘도 탱구 와요?

올 때도 있고 뭐 우리야 신경 쓸 겨를이 없으니까. 참……. 근데 있잖아요.

센터장은 자기 몫을 해냈다는 자신감에서인지 그간 참았던 말을 이제야 풀어놓는다는 투로 질문을 던졌다.

정말 사귄 거 맞아요? 어떻게 그렇게 아무 것도 모를까.

우리는 어떤 사이였을까. 상대가 연락을 끊겠다고 작정하자 닿을 수 있는 방법은 세상 어디에도 없었다. 콩국수와 냉면을 나눠 먹고 밤에는 핑크 마티니의 Hey Eugene을 반복해서 들었다. 들으며 서로의 손끝을 어루만졌던 사이지만 모든 게 환상이었던 듯 현실에 남아 있는 끈은 아무것도 없었다. 카톡에 남아있는 대화 기록과 몇 번의 통화 녹음, 함께 찍은 사진 한 장, 그뿐이었다. 그것조차도 내 계정과 내 핸드폰에만 남겨져 있을 것이었다. 누군가 술주정을 하는 내게 상상 연애 아니냐고 묻기도 했는데 받아칠 말이 없었다. 계정 삭제와 차단만으로 나는 은영에게 없는 사람이 될 수 있었다. 왜 집주소를 물어보지 않았을까 후회했던 적도 있지만 물었더라도 알려줬을 리 없고 알았다 한들 달라질 건 없을 것이었다. 희미했던 낮달이 밤이 되면 또렷이 빛나는 것처럼 언젠가는 알 수 있을까? 쉽게 끝낼 수 있었기에 쉽게 시작되었는지도 모를 일이다.

센터장이 알려준 번호로 문자를 보내고 이십 분쯤 지나 연락이 왔다. 은영을 잘 아는 사람이라고만 밝힌 여자는 조심스런 태도로 이것저것 물었다. 정말 사귀는 사이였는지, 얼마큼 가까웠는지. 이미 센터장에게서 들었을 법한 질문을 내게 다시 늘어놓았고 나는 최대한 공손히 대답했다. 그렇지만 가장 가깝다는 지인에게조차 은영이 내 얘기를 하지 않았다는 걸 알았을 때의 슬픔은 옆구리를 욱신거리게 했다. 이제 내가 은영에 대해 질문을 해야겠다고 마음먹었을 때 상대가 말했다. 은영이한테 다녀오는 길에 들르려고 하니 이따 시간 되면 센터에서 보자고.

아 그래요? 저기… 은영이는…?

일단 센터에서 봬요.

알겠습니다. 시간 맞춰 갈게요.

약속 시간이 꽤 남았지만 시리얼을 두유에 말아 먹고 거리로 나섰다. 드디어 소식을 들을 수 있다는 생각에 설레기도 했지만 기대할 건 없었다. 억지로 만난다 해도 은영은 지난 일을 되돌릴 사람이 아니었다. 그저 무슨 일이 있었는지에 대한 이유를 들을 수 있을 정도? 어쩌면 그조차 들을 수 없을지 몰랐다. 은영은 자신의 기분을 남에게 설명하는 일 따위는 하지 않으니까. 내게서 목공예 수업을 듣고 있는 스물다섯 어떤 친구가 말한 것처럼 너무도 뻔한 이유일 확률이 90퍼센트 이상이었다.

쌤, 이거 그냥 잠수이별 같은데?

뭐 요즘 그런 이별 많긴 하지. 근데 그럴 사람이…….

암튼 제가 볼 땐 그래요. 연락 되면 뭐하겠어요.

그래? 하긴 뭐. 그래도 그냥 궁금해서.

에휴... 마음만 다치시죠. 근데 어떤 분이셨어요?

어떤 분?

직접 확인하고 싶었다. 그래야 떠나보낼 수 있을 것만 같았다. 밉다가도 그립다가도. 오락가락하는 마음을 어쩌지 못해 핸드폰 갤러리를 열자 유일하게 간직하고 있는 은영의 사진이 보였다. 은영이 사라지기 전 아주 잠깐 자신의 카톡 프사로 걸었던 사진. 그땐 참 별일이라 생각했다. 은영은 언제나 기본 이미지 외에는 사용하지 않았으니까. 사진은 은영 무릎에 앉아 있던 탱구가 몸을 일으켜 자신의 코를 은영 입술 가까이 대는 순간을 찍은 것이었다. 은영 왼손엔 아이스크림이 들려 있었는데 햇볕에 녹아 아래로 뚝뚝 흐르고 있어 옷에 떨어질까 팔을 옆으로 쭉 뻗은 채였다. 무채색 계열의 옷만 입던 은영이 그 날은 다른 볼일이 있었는지 들국화가 프린트된 연노란 원피스를 입고 왔었다. 어딘가에 서류를 내고 왔다는 말을 들었던 것도 같다. 허리에는 검정 벨트를 했고 오른손으론 탱구의 귀를 만지고 있었다. 나는 영원히 다시 오지 않을 그 순간을 사진으로 남겼다.

은영의 지인과 통화할 때 그녀는 내게 은영에 대해 얼마나 아느냐고 물었다. 그땐 당황해 답하지 못했지만 속으로는 다 알고 있다 말하고 있었다. 그날 사진에 담긴 은영의 표정처럼 남들은 알지 못하는 은영의 모습을 나만은 알고 있다고 믿었다. 무슨 말을 해도 3초의 싱크 차를 보이며 반응하는 버릇, 탱구 발바닥에 코를 박고 냄새를 맡을 때의 표정, 텅 빈 눈으로 텅 빈 곳을 보고 있는 은영을 볼 때면 그런 생각이 가득 차올랐다. 무엇보다 은영의 눈을, 그 눈동자를 누구보다 가까이서 본 사람이 바로 나라고 생각했다. 아무것도 담고 있지 않는 텅 비어 있는 눈. 그 눈을 보고 있으면 내 마음도 함께 비어져 갔다. 지난날을 살아오는 동안 단단히 뭉쳐졌던 내 신념과 생각들이 흐물흐물해져 끝내는 녹아 흐르게 만들었다. 모든 불순물이 따스하고 부드러운 용액에 녹아내리고 있는 기분. 언젠가 그 눈동자를 빨아먹듯 은영의 눈에 키스하고 입술을 비볐을 때 미지근한 물이 흘러내렸다. 깜짝 놀라 바라본 은영의 표정에는 아무 변화도 없었다. 왜 그래? 하고 물었지만 은영은 대답하지 않았다. 울고 있는지 웃고 있는지조차 알 수 없었다. 걱정스런 눈으로 한참동안이나 그런 은영을 내려다보았다. 창 밖 가로등도 꺼져 새벽어둠이 은영의 얼굴을 감췄지만 그 눈만은 희미하게 빛났고 밖에선 호랑지빠귀가 지치지도 않는지 밤새 울어 대고 있었다.

　처음에는 은영에게 빠져드는 게 무서웠다. 아무렴 뜨거운 연애 한 번 못해봤을 리 없다. 많은 여자를 만났고 그중 몇몇과는 사랑이란 걸 해봤지만 은영에게서 느껴지는 감정은 달랐다. 끌림이라는 말로는 담을 수 없는 열락이 솟구쳤다. 처음 만났을 때부터 끌리긴 했지만 열락의 기운을 예고한 열꽃은 세 번째 만났을 무렵 피어났다. 센터에서 나온 뒤 같은 방향이라고 거짓말하며 은영을 정류장까지 바래다준 적이 있다. 은영은 거리를 구경할 수 있어 전철보다는 버스가 좋다고 했다. 집에서 먼 곳이 좋다며 성동구에서 파주까지 자원봉사를 하러 오는 여자. 처음엔 미친 여자라 생각했지만 정작 미쳐간 건 나였다.

우리는 정류장에 서서 버스를 기다렸다. 은영은 또 손에 땀이 나는지 차가워 보이는 쇠기둥을 붙잡았다. 그러고는 얼마 안 있어 페인트가 벗겨져 녹이 잔뜩 슬어 있는 기둥을 아래위로 문질렀다. 왜 자꾸 손에 땀이 날까? 다한증일까, 아니면 긴장한 탓일까. 긴장이 된다면, 도대체 뭐에 긴장하는 걸까? 아무것도 없는 이 텅 빈 시간 속에서……. 은영은 입이 마른 듯 마른침을 삼켰고 한참이나 녹이 슨 기둥을 아래위로 문질렀다. 내가 손을 뻗어 은영의 손등을 붙잡아 주기 전까지. 은영은 붙잡힌 손을 빼지 않았고 나도 오래도록 가만히 있었다. 미세한 떨림이 느껴졌지만 겁먹은 유기묘를 달래듯 부드럽게 어루만지며 말했다.

언제 열무국수 먹으러 갈래요? 잘하는 집 알아요.

20분쯤 기다려 버스가 도착하자 은영은 나를 돌아보는 건지 정류장 작은 화단에 핀 제비꽃을 보려 했던 건지 잠시 고개를 돌렸다가 버스에 올랐다. 은영은 맨 뒤에 자리를 잡았고 나는 손을 흔들었다. 은영은 슬쩍 고개를 끄덕였다가 다시 텅 빈 허공을 바라봤다. 그런 은영을 보며 드디어 '한 사람'을 만났다고 생각했다. 얼마나 사랑할 수 있을까가 아닌 어디쯤에서 멈출 수 있을지 가늠할 수 없는 그런 사랑을……. 그렇게 가늠할 수조차 없는 한 사람을 만났다고 생각하며 다시금 손을 흔들었고 나는 버스가 사라질 때까지 자리를 뜨지 않았다. 은영은 중간에 창을 열어 손을 밖으로 뻗었다. 비가 오나 안 오나 대보는 것처럼 손바닥을 위아래로 뒤집으며 바람에 손을 맡겼다. 긴 머리칼이 창밖으로 흩날렸다.

    센터 근처 커피숍 구석에 자리를 잡고 마음을 진정시켰다. 전화상으로는 혼자 올 거라고 했지만 어쩌면 은영도 함께 나올지 몰랐다. 무슨 말부터 해야 할까? 처음 은영에게 다가서기로 마음먹었던 순간만큼이나 심장이 두근댔다. 지금도 또렷이 기억이 난다. 걷잡을 수 없이 은영에게 빠져들던 그 순간. 여름 소나기처럼 뭔가 내 몸 위로 후드득 떨어지는 기분이었다. 머리칼을 적신 빗물이 구레나룻을 타고 흘러 턱 끝에서 떨어지는, 어느새 양말까지 젖어 끝내는 모든 걸 흠뻑 적시고야 마는 그런.
    은영이 탱구에게 츄르를 챙겨주고 있었다.
    고양이 좋아하세요?
    네? 네...
    저도요. 근데 유기묘 센터는 못 찾겠더라고요. 그래서 동네 길냥이들 챙겨 주고 있어요.
    길냥이요?
    네. 저희 집 앞에 길냥이 진짜 많거든요.
    …….
    혹시 고양이 좋아하면 밥 챙겨주러 같이 가볼래요? 가까워요. 버스로 세 정거장, 걸으면 14분. 어제 담별이 녀석 절뚝이는 것 같던데 한번 살펴봐야 해요.

담별이요?

종일 담벼락에서 식빵만 구워서 그렇게 불러요.

은영은 내 거짓말을 믿어줬고 우린 후미진 동네를 함께 걸었다. 천천히 걸었다. 가끔 서로의 손등이 부딪힐 만큼 가까이 걷기도 했는데 은영한테서 풋풋한 풀 냄새가 났다. 숨을 슬쩍 들이마실 때 느낄 수 있을 정도의 잔잔한 향이었다. 방에 향초를 피워 둔다고 했던 말이 생각났고 잠을 못 이룬다고 했던 것도 같았다.

저긴가요?

네. 맞아요.

지금 주나요?

아뇨. 아직은 이른 시간이라.

우린 근처 놀이터 벤치에 앉아 사람들을 구경했다. 곁눈으로 살피니 불편해하는 것 같지는 않았다. 쉽게 따라나선 걸 보면 은영 역시 날 마음에 두고 있었는지도 모르겠다. 하지만 그 어떤 것도 쉽사리 짐작할 순 없었다. 무슨 생각을 하고 있는지 기분은 어떤지 대체 어떤 삶을 거쳐 여기까지 왔는지 아무것도 읽어낼 수 없었다. 처음 만났을 때부터 그랬다. 나는 누군가를 좋아하기 위해 그 사람의 인생을 다 알 필요는 없다고 생각하며 은영의 귓불을 바라보았다. 귀를 뚫은 자국이 보이지 않았다. 너란 여자는 한 번도 귀걸이를 해본 적이 없었던 거니?

은영 씨, 같이 줄넘기 할래요?

줄넘기요?

배는 안 고프죠? 저녁은 조금 이따가 먹고 줄넘기해요. 둘이 하면 재밌어요.

저기…

기다려 봐요. 얼른 가져올게요.

어디에?

집요. 바로 앞이에요.

줄넘기가 유일한 특기인 나는 2단 뛰기, 가위 뛰기, 양발 모아 뛰기 등 할 수 있는 모든 기술을 은영에게 보여주었다. 처음에는 어색해하던 은영도 내가 줄에 걸려 넘어지자 긴장을 푼 듯 살짝 웃었다. 저녁이 되어 사람들이 공원을 떠나기 시작했고 하늘은 물들어갔다. 한낮의 더위가 물러나고 거리의 입간판에 불이 들어왔다. 구석진 나무 아래 자리를 잡고 은영에게 손짓했다.

와 봐요. 여기 시원해요.

줄이 긴 2인용 줄넘기를 들어 보이며 은영에게 내 앞에 서 보라고 말했다. 은영은 한참 머뭇거리더니 못 이기는 듯 앞으로 왔다. 은영의 가슴이 내 데님 셔츠에 닿을 만큼 가까워졌고 은영의 숨결이 목울대를 간질였다.

자, 갑니다.

처음에는 다섯 번도 넘기지 못했는데 나중엔 꽤 오래 줄을 넘었다. 함께 뛸 때마다 은영의 긴 머리칼이 하늘 높이 솟구쳤다 허공에서 흐트러졌다. 자세가 앞으로 쏠릴 때에는 내 뺨에 닿기도 했다. 동작을 맞추려고 은영은 숫자를 세고 있는 내 입술에 집중했다. 그때 은영은 내 입술에 숨겨둔 말을 읽었을까? 부끄러워하면서도 살짝 웃는 은영을 보며 우리들의 미래를 점쳐보았다. 나는 신중한 사람이었다. 만져보고 두드려보고 냄새를 맡고 한참동안 지켜보고 나서야 의심이 풀리는 그런 인간. 하지만 은영에 관해서만큼은 어째선지 맹목적이었다. 한때 디자인 공부를 했다는 것. 손에 땀이 많고 잠을 잘 이루지 못하고 말이 없다는 것, 매번 피곤한 눈을 하고 있다는 것, 일을 손에서 놓은 채 잠시 쉬고 있다는 것, 그 이외에는 알지 못했다. 그것이 은영에 대해 아는 전부였다. 나는 귀납적 사랑을 하는 사람이었는데 어째서 연역적 사랑을, 그것도 미친 듯 뛰어들게 됐을까? 왜 그렇게 서둘러 사랑하게 된 건지 지금도 알 수가 없다. 어쩌면 나는 사랑에 빠진 게 아니라 사랑하기로 마음먹었던 건지도 모르겠다.

넘어지고 부딪히고 하늘 높이 뛰느라 기분이 좋아졌는지 은영의 표정이 밝아보였다.

은영 씨!

네?

저 뭐하는 사람인지 알아요?

아뇨.

궁금하지 않아요?

은영은 옅은 미소를 짓더니 또 먼 곳을 바라보았다. 나는 은영이 어떤 사람인지와 상관없이 나를 보여주기로 마음먹었다. 잘 다니던 직장을 그만둔 다음 작은 목공예 공방을 운영하고 있다고 말했다. 은영은 하고 싶은 일을 하는 건 좋은 거라 짧게

답하고는 산책 나온 사람들에게로 시선을 돌렸다.
　은영 씨. 아이스크림 먹으러 갈래요?
　은영이 고개를 끄덕였다. 나는 걸으면서 은영에게 가족에 대한 이야기, 다녔던 학교, 전 직장 얘기 등을 들려주었다. 은영은 조용히 들으면서도 자신에 대해서는 한마디도 하지 않았다. 나 역시 묻지 않았다. 아니 묻지 않는 편이 나을지 모르겠다는 생각이 들었다. 때로 사람들이 굴속에 들어가 살 때가 있다는 걸 나는 알고 있었다. 나 역시 회사를 나와 컴컴하고 축축한 굴속에서 몇날며칠을 보냈던 적이 있다. 그때 굴에서 몸을 돌려 밖으로 나오는 것이 불가능하다는 걸 알았다. 다른 편 굴을 뚫어 밖으로 나오지 않는 한.
　아이스크림 할인점에서 콘 두 개를 산 다음 동네를 돌아다니며 길냥이 밥자리를 챙겼다. 열몇 곳을 챙기고 난 다음엔 여기저기 골목을 누볐다. 처음 가보는 골목길로 들어서 보기도 하고 사람들 많은 번화한 식당가를 지나치기도 했다. 얼마쯤 걸었을까, 은영이 말했다.
　놀이터로……. 돌아가고 싶어요.
　놀이터요?
　…….
　좋아요. 가요.
　얼마쯤 걷다 은영이 말했다.
　새소릴 들었어요.
　새요?
　아까 줄넘기 하던 자리에서.

아, 그 소리요? 놀이터 바로 뒤에 숲이 있어 새가 많이 살아요. 새벽에는 시끄러워서 깨기도 한다니까요.

새벽에요?

한 서너 시쯤? 저녁에 울 때도 있는데 해뜨기 전에 젤 시끄럽게 울더라고요.

어떤 새에요?

울음소리 되게 신기했죠? 이름도 특이한 게 호랑지빠귀래요.

언젠가 슈퍼 아주머니가 하는 말을 들은 적이 있다. 저 호랑지빠귀놈 때매 새벽잠을 설친다고. 공원으로 돌아와 한참을 기다렸지만 호랑지빠귀는 다시 울지 않았다. 나는 은영에게 밥을 차려주고 싶다 말했고 은영은 대답하지 않았지만 이제 그만 집으로 가겠다고 말하지도 않았다. 내가 앞서 걷자 은영이 천천히 따라왔다. 밥을 먹고 나서는 벽에 기대어 앉아 음악을 들었다.

그거 알아요? 얼마 전에 몰래 은영 씨 사진 찍었는데.

…….

화요일에 탱구랑 있을 때.

알아요.

알고 있었다고요? 진짜?

은영은 가만히 웃기만 했다.

은영 씨.

네?

카톡 아이디 알려줄래요? 사진 보내줄게요.

잠이 오는지 은영이 자신의 머리를 내 어깨에 기댔다.
깨워줄래요?
언제요?
호랑지빠귀 울 때.

평소에 잠을 못 이룬다던 은영도 그날 밤엔 단잠에 들었다. 나는 그런 은영을 차마 깨우지 못해 벽에 기댄 채 눈을 감았다. 가게 셔터 문이 닫히는 소리, 귀가에 늦은 구두가 또각거리는 소리, 밤이 오는 소리를 듣고 있었다. 그리고 새벽이 되어 호랑지빠귀 우는 소리를 들었다. 나는 누워 있는 은영의 이마를 조심스레 손으로 짚었다. 봉긋하게 솟은 이마가 차가웠다. 잠이 깬 은영은 자신이 어떻게 잠에 들었냐고 물었다. 내 어깨에 기댄 채 잠이 들어 베개를 받쳐 주었다고 말했다. 아무도 찾는 사람이 없는지 은영의 핸드폰은 한 번도 울리지 않았다. 자리에서 일어나 창을 열고 은영에게 말했다.
호랑지빠귀 왔어요.
바람에 나뭇잎 쏠리는 소리 사이사이로 울음소리가 들렸다.
저녁에 들은 그 소리 맞아요?
맞아요.
히이 호~오!
히이 호~오!
뭐 때매 우는지는 몰라도 여름 내내 울어요.
은영은 부은 눈을 하고는 한참이나 호랑지빠귀 울음소리에 귀를 기울였다.

저기... 은영 씨.

네?

우리 만나볼래요? 이렇게, 밥 먹고 같이 걷고 길냥이 밥 주고 그냥 이 정도.

은영은 아무런 대답도 싫다는 표정도 짓지 않았다.

참, 은영 씨. 고양이의 계절이 무슨 뜻이에요? 언제 한 번 말 했잖아요. 고양이의 계절일 때만 좋아한다고.

계절마다 주인이 있어요. 여름의 주인은 고양이고요.

그래요? 그럼 가을은요?

여름만 사는 사람이라…….

아 맞다. 센터 봉사도 여름에만 나오신다고.

웃기죠? 저란 사람…….

농담 아니고 한 번 만나 볼래요? 환승이별만 아니면 돼요. 저는 정말 바라는 거 없이.

은영은 창밖을 보다 지나가는 투로 말했다.

인생도 환승이 될까요?

네?

…….

어디로 환승하고 싶은데요?

따듯한 곳. 고양이의 계절만 있는 곳.

그 뒤로 우리는 낮에는 길냥이를 찾아다니고 밤에는 날이 새도록 호랑지빠귀 울음소리에 귀를 기울였다. 어떤 날엔 호랑지빠귀가 창가 맞은편 나무에 앉아 울기도 했다.

히이~호오~

은영의 여름, 밤과 낮은 그렇게 흘렀고 나는 곁에서 그녀의 여름을 지켜보았다.

사이렌 오더를 알리는 직원 목소리에 고개를 들었을 땐 빗방울이 떨어지고 있었다. 가을비였다. 통창에 부딪혀 흐르는 빗물 사이로 급하게 우산을 펴는 사람들의 모습이 더러 보였다. 어느덧 시월이었지만 실감할 수 없었다. 여전히 센터에는 고양이의 계절이 흐르고 있을 것만 같았다. 약속 시간이 30분 남았을 쯤 은영의 지인에게서 연락이 왔다.

여보세요!

저기, 생각해 봤는데 이곳으로 직접 오는 게 나을 것 같단 생각이 들어서요.

아 그래요? 알겠습니다. 제가 갈게요. 지금 어디에 계세요?

죄송해요. 갑작스럽게 와달라고 해서. 근데 아셔야 될 것도 같고…….

죄송하긴요. 장소 알려주시면 바로 갈게요.

네, 오셔서 얘기해요. 주소는 문자로 넣어 드릴게요.

그녀의 목소리가 떨리고 있었다. 은영에게 싫은 소리를 들은 걸까? 커피를 받아오는 동안 문자가 도착했고 자리에 앉자마자 메시지를 확인했다.

뭐지? 잘 못 보낸 건가?

핸드폰 화면에 너무나 낯선 주소가 적혀 있었다. 가끔 도로 이정표를 통해 마주치기도 했던 어쩌다 뉴스에 나오기도 하는 곳이었다. 하지만 한 번도 그곳을 방문하리라 생각해 본 적은 없었다. 나는 실감이 나지 않아 몇 번이고 그 지명을 소리 내어 읽었다. 파주추모공원.

  정신을 차렸을 땐 센터를 향해 걷고 있었다. 당장에라도 전화를 걸어 확인하고 싶었지만 도저히 그럴 수 없었다. 아니, 그러고 싶지 않았다. 추적추적 비가 내리고 있는 센터는 전보다 더 고요했고 가까이 다가갈수록 대형견 특유의 비린내로 진동했다. 센터 안으로 들어가서는 사무실을 지나쳐 연못을 향해 걸었다.

  수면 위로 빗방울이 떨어졌다. 플라타너스 가지 한쪽에 쳐 있던 거미줄에도 물방울이 맺혔다. 바람에 거미줄이 일렁이고 수면도 함께 흔들렸다. 수십 번, 수백 번 다시 확인했지만 그녀가 보낸 문자는 분명 이 세상에서 은영의 부재를 말하고 있었다. 어떻게 된 걸까? 은영의 지인에게서 사고사란 느낌은 받지 못했다. 그렇다면…… 은영이 정말 그랬던 걸까. 나는 알면서도 세상 사람이 쓰는 그 말을 차마 마음에 담을 수 없었다. 자신을 죽인다는 말, 너무나 산 사람들의 말이었다. 아니, 은영에게 그건 殺(살)이 아니라 이생(離生)일 것이었다. 떠날 수밖에 없는 사람들이 선택하는 이생……. 그러면서도 어찌할 수 없는 원망, 슬픔이 차올랐다. 왜 내게 손짓조차 하지 않았던 걸까. 어째서 그랬던 걸까. 영원히 그 이유를 알 수 없을 것이다. 꿈에서조차 들을 수 없겠지. 그러나 한 가지, 은영이 남겨 놓은 소중한 것들이 여기 어딘가에 있다는 걸 알고 있다. 연못가에 앉아 지난 여름을 생각하는 동안 빗줄기는 잦아들었다. 평온해진 수면 위로 가을 풍경이 비췄지만 연못 속은 여전히 고양이의 계절이 흐르고 있는 것만 같았다. 텅 빈 눈으로 텅 빈 공간을 바라보고 있는 은영. 은영의 얼굴을 만지고 싶어 손을 뻗어 고요한 물결을 어루만졌다.

    아직 여름이죠?
    당연하죠. 봐요, 5시도 안 됐는데 해 뜨려고 하잖아요. 한참 여름이죠.
    호랑지빠귀는요? 새벽부터 울었어요?
    엄청 울었어요. 기다려 봐요. 아직도 근처에 있으니까.
    은영은 자다 깬 눈으로 어둠과 여명 섞인 창밖을 바라보며 말했다.
    조금 있자 더 가까이서 울음소리가 들려왔다. 숲에 있던 녀석이 집 근처 전신주까지 날아온 모양이었다.
    들었죠?
    네.
    여름이라 안심돼요?
    좋았어요.
    뭐가요?
    여름 지나면 금방 가을이에요. 그리고 겨울이죠. 내겐 단 한 번도 여름 그리고 또 여름인 적이 없었어요. 우습죠? 이런 얘기들.
    아뇨…….
    생각에 잠겨 있던 은영은 내 손을 들어 자신의 눈을 덮고는 다시 잠을 청했다. 나는 은영에게 밤새 검색한 호랑지빠귀 얘길 들려주었다. 녀석의 몸엔 까만 초승달 점무늬가 새겨져 있는데 해 뜨기 전 가장 섧게 울고 여름이 되면 알을 낳는다고 말이다.

은영 씨, 그거 알아요? 텃샌지 알았는데 호랑지빠귀도 여름 철새래요.

주위를 둘러보았다. 가을이었다. 나의 여름이 끝났다는 건 이미 알고 있었다. 계절이 바뀌었고 철새들은 떠나야만 한다는 것을. 언제 왔는지 울타리 난간에 앉아 있던 탱구가 날 바라보다 고개를 들어 먼 하늘을 주시했다. 철새들이 날고 있었다. 무리를 이룬 새들은 먼 길을 향해 날갯짓했다.
뭔가 반짝한 것도 같았다. 이른 석별이었다.

온 세일

온 세일

 딱히 살 게 없지만 편의점에 들렀다. 따분하기도 하고 에어컨 바람이 간절하기도 했다. 식료품으로 가득 찬 선반을 빠져나오자 알코올 음료가 분류된 진열대가 나왔고 그중 초록배경에 빨간 별 로고가 매력적인 브랜드가 눈에 띄었다. 물기를 머금은 유리병에 대고 손가락을 문지르자 시원한 느낌이 지문 사이에 스며들고 병 겉면에 물방울이 맺혔다. 값이 정해진 상품을 만지고 있자니 따분했던 기분이 조금은 가시는 듯했다. 상호 보완적인 느낌 때문일까? 값을 가진 상품은 그걸 사는 사람의 값 또한 매겨주기 때문인지도, 마음이 편안해졌다.
 물기를 바지에 문지르고 다른 브랜드를 구경했다. 알코올 도수의 차이, 원산지 등을 꼼꼼히 읽었지만 집어 들지는 않았다. 건강 검진을 끝낸 지 얼마 안 된 상태에서, 그것도 대낮에 술을 마실 생각은 없었다. 그저 눈요기할 상품이 필요했을 뿐이다. 그래도 이것저것 만지다 그냥 나가기는 뭣해 계산대 앞에서 껌을 집었다. 그젠가도 편의점에 들러 비슷한 이유로 잠을 깨워주는 껌을 샀던 것 같다. 그제가 아니라 어제라 해도 상관은 없다. 편의점은 24시간 열려 있고 매일같이 살 만한 무언가가 필요하니까.

 시원하게 에어컨 바람을 쐰 탓인지 수면 내시경의 불쾌한 기분은 어느 정도 가라앉았다. 이제 남은 불편함은 어깨를 무겁게 짓누르는 몇 권의 책뿐. 저녁에 만나기로 한 선배에게 줄 책들로 두께가 상당했다. 선배는 와이프가 동네에 카페를 오픈한다며 진열용으로 필요하다고 했다. 무거운 걸 갖고 다니기 뭣해 보관함이라 쓰인 문구가 가리키는 곳으로 향했다. 가로 세로 28×32센티의 공간을 사용하는 요금이 기본 이천 원에 3시간 이후부터 30분마다 500원 추가라고 적혀 있었다. 약속 시간은 7시, 내게 필요한 시간은 다섯 시간 남짓. 문득 계산을 해보니 사과 상자만 한 공간을 한 달간 이용하면 내야 할 돈이 육십구만 원. 어쩐지 손해 보는 느낌이 들었다. 얼마나 남겨 먹는지는 몰라도 지금 살고 있는 18평 빌라의 월세가 4천에 60만 원임을 생각하면 왠지 그런 것 같았다. 핸드폰에 전달된 비밀번호를 누른 다음 보관함 문을 열었다. 카페에 둔다고 누가 읽기나 하겠어?

 프루스트의 잃어버린 시간을 찾아서1, 3, 4권, 헨리 밀러의 북회귀선, 책꽂이에 꽂아 두었다는 사실 말고는 아무 의미도 없는 책들을 밀어 넣고 문을 닫았다. 홀가분한 발걸음으로 백화점과 이어진 통로를 따라 걸었다. 백화점은 자주 찾는 공간은 아니었지만 고속터미널 주변을 벗어나기는 애매했다. 선배와의 약속 장소가 서초동인데다 집은 혜화동인 상황인지라 근처에서 시간을 때우는 게 낫겠다는 생각이 들었다. 물론 반차까지 낸 마당에 회사로 돌아가 밀린 일을 마무리할 생각 또한 추호도 없었다.

백화점을 들고나는 사람들 틈에 끼어 매장 안과 밖의 경계를 이루는 얇은 선을 넘었다. 층별 안내도가 그려진 키오스크 앞에서 찬찬히 지도를 살폈다. 지하 1층부터 11층까지 카테고리별로 나뉜 공간은 층층이 쌓아 올린 레고 성처럼 근사해 보였고 곰곰 생각해보니 여자 친구 생일도 얼마 남지 않아 뭔가를 사기는 사야 했다. 값도 치르지 않고 마음을 전하는 건 불가능한 일이니까.

1층 화장품 브랜드가 즐비한 곳을 둘러봤다. 수십 개 매장 가운데 유독 눈에 띄는 매장이 보였다. 조도가 세밀하게 조율돼 있고 내리쬐는 각도가 남다른 듯했는데 일하는 사람들의 표정과 몸매 또한 특별해 보였다. 다들 무난한 디자인에 눈에 편안한 컬러의 옷을 입고 있지만 고가의 매장 사람들이 입고 있는 유니폼은 조금 더 괜찮아 보였다. 그냥 그래 보이는 거겠지 싶다가도 한 번 더 봐도 여전히 그랬다. 비싼 물건을 팔고 있으니 더 고급스런 옷을 입혔을 수도 있고 아니면 내 눈에 그렇게 보이는지도 몰랐다. 뭐가 먼저인지는 알 수 없어도 모든 걸 결정하는 건 결국 가격인지 모르겠다. 나머지는 종속 변수일 뿐.

여러 브랜드 가운데 여자 친구한테서 들어 본 매장을 발견했다. 언니 걸 써봤는데 괜찮았다는 말을 했던 것도 같다. 사달라는 뜻이었을까? 행여 호갱이 되더라도 그나마 후회가 덜 할 것 같아 그리로 향했다. 연보라색 블라우스를 입은 점원이 친절하게 인사하더니 선물할 제품을 찾느냐고 물었다. 미처 대답을 못했음에도 그녀가 다시 물었다. 연령대가 어떻게 되느냐고, 30대 중반의 여자가 쓸 제품을 보는 중이라고 하자 박카스보다 작은 직사각형 모양의 보라색 병을 꺼내 보이고는 안티에이징이 필요한 연령대라는 말을 세 번이나 강조했다. 귀 안 먹었다고 대답하려다가 조신하게 고개를 끄덕였다. 그녀가 설명한 제품의 고용량 가격은 16만 4천 원. 예상보다 비싼 가격이 마음 속 저항선을 건드린 모양인지 선뜻 손이 가지 않았다. 가타부타 반응 없이 병만 만지작대자 점원은 제품에 딸려오는 갖가지 샘플 구성을 보여준 다음 자기 전에 바르면 귀신같이 피부를 리커버리 시켜준다는 제품을 하나 더 테이블 위에 올렸다. 쓸데없이 긴 영어 이름처럼 제품의 가격도 쓸데없이 비싸 보였다. 점원은 내 마음도 모른 채 저용량은 17만 8천 원 고용량은 21만 4천 원으로 고용량이 훨씬 경제적이라고 했다. 정말로 그런가? 살 마음도 없는데 산다고 가정했을 때의 경제성을 말하면서 내 마음을 흔들고 있었다.

한편 이런 제품의 가격은 어디서 만들어지는 걸까? 업체 스스로 정한 것이겠지만 또한 끊임없이 세상과 타협한 결과물이라는 생각이 들었다. 어떤 상품은 스스로 가격을 매길 자격이 있고 어떤 제품은 시장에서 가격이 매겨졌다. 나는 나 나름

대로 제품 가격을 정해보려 머리를 굴렸지만 선뜻 정할 수 없어 비슷한 가격대의 다른 물건을 반대편 저울에 올렸다. 향수나 구두 같은 것들과 성의는 없어 보여도 실용적인 상품권 따위 등을. 빨리 할 일을 해치우고 서점이나 둘러보는 게 나을지 좀 더 신중히 해야 할지 갈팡질팡하는 사이 안내 점원의 외모가 눈에 들어왔다. 화장은 적당히 단아했고 세련된 느낌을 주었다. 자연스럽게 빗어 넘긴 헤어는 정갈한 스타일에 윤기가 흘렀다. 그런 것들을 보며 백화점 매장에서는 이 정도는 받아야겠구나 하는 생각이 들기도 했다. 변덕이 들었다기보다 비싼 값을 받아야겠다는 정성만큼은 인정할 수밖에 없었다. 인테리어 또한 고급스러웠다. 그리고 무엇보다 포장이 아름다웠다. 파프리카를 포장해 놨다고 해도 삼만 원은 받아야 할 것처럼. 하지만 여자들이 싫어하는 선물이 향수 혹은 자신이 원치 않는 브랜드의 화장품이라는 글을 어디선가 읽은 것도 같아 결정하기 힘들었다. 한참을 설명하던 점원도 다른 돌파구가 필요했는지 여자 친구의 피부 톤이 어떠냐고 물었다. 난 얼른 여자 친구와 통화를 해보겠다고 말하고는 자리에서 일어섰다. 핸드폰을 뺨에 붙이고 입술을 움직이며 조용한 곳으로 가는 척 매장을 가로질렀다. 지나는 길에 훑어보니 비슷한 구성의 세트가 매장마다 전시되어 있었다. 7만 원대 후반부터 40만 원대까지. 눈치껏 가격만 확인하고 서둘러 뷰티 존을 벗어났다. 무작정 에스컬레이터에 올라 괜찮은 아이템이 없을까 생각했다. 고가의 액세서리 아니면 지갑, 정말 오버한다면 중저가 가방 정도가 상한선이란 판단이 들었다. 내 마음 속 상한

선은 어디서 왔을까? 그간 서로 주고받았던 선물을 기준으로? 결혼 얘기가 오가는 사이기도 하기에 꼭 돈이 아까워서 만은 아닐 것이다. 다만 어느 정도 넘어가는 금액을 떠올리면 거부감이 들었다. 이런 자연스런 거부감은 적절한 것일까? 그에 대한 대답의 몫은 어쩌면 받는 사람에게 있다는 생각이 들었다.

에르메스나 보테가베네타 등 명품이 즐비한 2층은 패스했다. 디자이너 숍이 모여 있는 3층 역시도 지나쳤다. 돈에 맞추려다 보니 선택의 폭이 좁아졌고 이래저래 생각하다 6층까지 오르게 됐다. 더 올라가봐야 무의미할 것 같아 만만한 지하에서부터 다시 시작해야겠다 싶어 에스컬레이터에서 내려 엘리베이터를 찾았다. 구석진 곳에 자리한 엘리베이터를 찾느라 매장을 반 바퀴쯤 돌았을 때 길 끝에 고급 카페처럼 꾸며놓은 매장이 보였다. 부드러운 나뭇결을 모방한 인테리어 때문인지 유럽풍 저택 같았다. 호기심에 다가가자 평소에 관심 있던 남성 브랜드였다. 비싸서 엄두는 못 냈지만 관심이 있던 명품 구두 브랜드.

통유리 너머의 공간은 르네상스 귀족의 서재처럼 꾸며놓은 듯 했다. 짙은 밤색의 마호가니 책상과 그 위 상단부에 명화가 걸려 있는데 구텐베르크로 보이는 남자가 인쇄판을 들고 선 모습이었다. 왼쪽에는 성경과 돈키호테, 데카메론 같은 책을 꽂아놓은 장식장을 배치했는데 알맹이 없는 소품이란 생각이 들면서도 그럴듯했다. 금박으로 장식한 양장본을 보며 저 때는 진짜로 책을 읽었을지 모르겠다는 생각이 들었다. 세상의 끝이 어디인지, 지구가 태양을 돌고 있는지, 세상에 대해 죽어라 의심하던 시기였을 테니.

구두가 진열돼 있는 쪽으로 허리를 숙였다. 송아지 가죽에 구두코 주변으로 넝쿨식물 잎사귀 문양이 자잘하게 그려진 디자인을 하고 있었다. 끈 넣는 구멍이 하나밖에 없는 원아일렛(eyelet) 더비 스타일의 구두는 무릎 높이의 받침대에 올라 그윽하게 주황색 조명을 반사했다. 다른 명품에는 관심이 없었지만 구두에 관해서는 달랐다. 아는 체를 하려고 발음이 어려운 브랜드명을 외워 두기도 했고 연예인이 신어 유명해진 구두를 연관검색어 조합까지 하며 찾아 본 적도 있었다. 종일 헐렁한 반바지에 샌들을 신고 있어서 그런 건지 모르겠다. 중소 게임업체에서 그래픽 디자이너로 일하고 있는 나를 포함해 회사 사람들 대부분이 그런 차림으로 일했다. 임원진들과 개발 2팀장이 된 동기를 빼고는. 팀장이 된 동기는 셔츠와 벨트까지 꼼꼼히 매치해서 신고 다녔다. 꼭 명품이 아니더라도 전체적인 색감을 고려해 신발을 매치했다. 그래픽 뽑아내는 실력은 그냥 그랬지만 사람들은 그에게 친절했다. 값비싼 상품을 다루듯 소중히 대했고 잡무를 시킬 때에도 나에게는 비닐봉투에 담아 던졌고 동기 녀석에게는 종이가방에 넣어 책상 위에 올려놓고는 했다.

몸이 쏠려 쇼윈도에 지문이라도 묻힐까 긴장하고 있는 손등에 매장 바깥에 달린 조명이 닿았다. 같은 톤의 조명에 물든 손등처럼 내 마음도 구두에 물들었다. 그러면서도 눈치가 보여 뒤로 물러났다 다시 서성이기를 반복했고 아주 발길을 돌리지도 못하는 사이 막 매장 안으로 들어서려는 젊은 남자들이 보였다. 나는 얼른 그들을 뒤따라 걸었다. 남자들은 요우커인지 지갑이랑 머니 홀더가 진열돼 있는 수납대를 가리키며 점원에게 중국말로 말을 걸었다. 나를 본체만체하는 직원을 뒤로하고 구두가 진열돼 있는 안쪽으로 들어갔다.

지금도 그런 말이 통하는지 몰라도 부자들은 정장으로 키톤을 입고 구두는 벨루티를 신는다고 했다. 나는 주문을 외듯 그 말을 되뇌며 녀석에게 다가갔다. 할 수만 있다면 염료가 묻어날 듯 광택을 내는 그 반질반질한 가죽을 만져보고 싶었다. 높이 2.5센티 정도의 구두 굽은 상아로 만든 것처럼 단단해 보였고 그걸 신고 회사 복도를 걸으면 또각또각 울리는 경쾌한 소리가 사방으로 퍼져나갈 것 같았다. 허리를 숙여 자세히 살폈다. 방금 전에 광택제를 발랐는지 뭔가 자극적인 냄새가 났지만 역하지는 않았다. 수작업으로 제작할 경우 천만 원 이상, 완성품이라 해도 삼사백은 거뜬히 넘어가는 명품은 차려 놓은 모양부터가 남달랐다. 최대한 바르게 보이도록 놓이는 다른 브랜드와 달린 드라이빙 슈즈, 정장 구두에 이르기까지 한결같이 삐딱하게 보이도록 놓여 있었다. 소개팅에 나온 상대의 차가 무엇인지 핸드폰 고리에 달려있는 아파트 출입 카드는 어느 동네를 가리키는지 궁금해하는 것처럼 그렇게 자신을 탐내는 사람들의 차림새를 꼴아보는 듯했다. 나는 한쪽 무릎을 구부려 녀석과 눈높이를 맞췄다. 참나무 받침대 위에는 이탤릭체로 쓰인 5,490,000원이라는 얇은 명패가 놓여 있었다.

언젠가 은주가 예물로 어떤 시계를 갖고 싶으냐는 물음에 시계보다는 구두가 좋겠다고 말한 적이 있는데 잘했다 싶은 생각이 들었다. 천장 스피커에서 클래식이 흐르고 투톤의 간접 조명이 제품 주변으로 빛을 쏘았다. 발목을 감싸는 부분에는 가죽보다 한 톤 연한 실로 아라베스크 무늬를 넣어 단조롭지 않은 느낌을 가미했다. 고개를 숙여 안을 들여다보았다. 발에 땀이 많은 나는 발가락과 맞닿는 부분의 감촉이 늘 궁금했다. 안감을 만져보고 싶었지만 엄두가 나지 않았다.

 한 번 신어보자고 할까? 오버인가? 차림새도 우스운데.

 일어서야 한다고 생각하면서도 제어할 수 없는 욕구가 꿈틀거렸다. 10개월로 끊으면 54만 9천 원 미친 척하자면 못 살 것도 없었다. 다만 저 구두를 신으려면 브리오니나 키톤 같은 명품 중의 명품을 입거나 그게 아니라도 최소 백 퍼센트 양모에 130수 이상의 양복을 입어야 하지 않을까 하는 생각이 머릿속을 맴돌았다. 그 정도라면 국산을 산다고 해도 백 몇십 언저리는 써야 할 텐데 그렇다면 넥타이와 벨트는? 일 년에 네 번씩 십 년 간 신는다고 가정하면 마흔 번의 기회가 주어지는 것이고 그렇게 계산하면 한 번 신을 때마다 대략 십 얼마의 비용이 드는 것이다. 그렇다면 신고 싶을 때마다 렌탈을 해서 신는 게 더 나은 게 아닐까? 갈팡질팡하는 마음과 달리 손은 이미 녀석에게로 뻗어갔다. 구두와 손끝의 거리는 대략 10센티. 콧잔등에 땀이 맺혔다.

 흐흠

 등 뒤로 예민한 시선이 느껴졌다. 중국인 손님이 나갔는지 그들을 응대를 하던 직원이 다가왔다. 뭐 찾으시는 거라도, 꺼내서 보여 드릴까요? 내 손목에 채워진 22만 원짜리 면세점 시계를 곁눈질한 직원은 가죽을 만질 때 쓰는 장갑을 손에 끼며 날 내려 보았다. 우리는 서로를 스캔했다. 나는 살 돈이 없고 그는 팔 생각이 없었다. 직원의 흔들림 없는 눈동자를 확인한 나는 천천히 일어섰다. 전에 저희 제품을 구입해 보신 적이 있으신가요? 아뇨, 아니에요. 그냥 저, 다른 색으로 파티나(patina)를 하면 어떻게 될까 생각하고 있었는데……. 그는 내 말을 듣는 척하다가 내가 손을 완전히 거두자 원하는 바를 이뤘다는 듯 장갑을 벗으며 돌아섰다. 천천히 매장 입구 쪽으로 걸었다. 잠시 내 쪽을 바라보던 직원이 입을 가리고 옆에 있는 직원에게 소곤댔다. 그 많던 아드레날린은 어디로 갔는지 나는 다리에 힘이 빠져 허벅지를 한번 짚었다 다시 걸었다. 매장을 흐르는 클래식 음악만이 날 배웅해 주었다.

 빨리 6층을 벗어나야겠다는 생각에 얼떨결에 위로 향하는 에스컬레이터에 다시 올랐다. 막상 7층에서 내렸지만 지하로 갈지 더 올라가야지 할지 뭘 어떻게 해야 할지 아무 생각도 들지 않았다. 맥없이 백화점을 돌다 세 번이나 눈이 마주친 점원이 부담스러워 아무 매장으로 들어갔다. 중년 부부가 대학생으로 보이는 아들에게 보스턴백을 들어보게 했다. 직원은 모처럼의 손님을 놓치지 않으려는 듯 코밑에 서서 잔심부름을 챙겼다. 나는 매장 가운데에 몰려 있는 사람들을 피해 벽면에 진열된 볼마커 세트를 들어 디자인을 구경했다. 별모양에서부터 이모티콘 디자인에 이르기까지 각각의 볼마커가 12개 들이 한 세트로 구성돼 있는데 6만 원에서부터 비싼 것은 9만 원대에 이르기도 했다. 골프하고는 전혀 인연이 없는 나는 들고 있던 세트를 내려놓고 5천 원짜리 낱개가 담긴 상자 안을 뒤적였다. 선수들이 모자에서 떼어 볼 밑에 놓아두는 볼마커, TV에서 본 것보다 약간 더 작은 듯했다. 쓸 일이라고는 눈곱만큼도 없으면서 돌고래 모양의 볼마커를 집었다.

돌고래의 눈은 짙은 파란색에 등줄기에서는 물이 솟고 하얀 뱃살 밑에 작은 글씨로 Pacific Ocean이라는 글이 쓰여 있었다. 한글로 태평양이라고 쓴 것보다 훨씬 더 세련돼 보였다. 언젠가 제프 쿤스의 작품 세이크리드 하트(sacred heart)를 신세계 본점에서 본 적이 있는데 사람들은 그 작품에 한 뼘이라도 더 가까이 가기 위해 서로의 등을 밀쳐댔었다. 누구도 작품을 해석하는 것으로 보이지 않았지만 감격에 겨운 표정이었다. '단순한 내 작품 그리스도의 사랑을 담았다',라고 표현한 제프 쿤스의 말처럼 사람들은 그 단순함에 은혜 받은 듯 보였다.

돌고래 볼마커를 들고 카운터로 향했다. 스트라이프 셔츠를 입은 직원이 물었다. 다른 건 필요 없으시고요? 네. 결제가 끝나고 얼마 안 있어 핸드폰이 울렸다. 카드사에서 보낸 알림 문자인 듯싶었다. 전혀 쓸모없는 것이지만 뭔가를 사고 났더니 6층에서 받았던 수치스러운 기분이 조금은 풀리는 것 같았다. 무료한 인간에서 소비자가 됐기 때문일까?

7층 점원들은 물건을 정리하느라 바빴다. 어떤 직원은 매장 앞에 서서 건너편 직원과 수다를 떨기도 했다. 좌우로 상품이 그득한 길고 긴 홀을 지나며 각 매장 입구에 진열된 신상품을 구경했다. 새로 나온 아식스 러닝화가 174,000원 그 옆 리복 매장에서는 여름 시즌에 맞춰 통풍이 잘 되는 트레이닝복을 228,000원에 선보였다. 옆구리 부분에 지느러미 같은 천을 덧댄 다음 안감을 그물망 소재로 처리해 놓아 팔을 움직일 때마다 바람이 잘 통할 것 같았다. 실제로 어떤 느낌일지 궁금해 손가락으로 그 부위를 살살 긁자 까실까실하지 않고 부드러운 느낌이 들었다. 사이즈 몇 입으세요? 100으로 드려볼까요? 카운터에서 전표를 정리하고 있던 여자가 어느새 달려와 말을 걸었다. 아뇨, 그냥요. 당황한 나는 얼른 밖으로 나왔다. 종종 이런 상황에 놓여 어쩔 수 없이 물건을 산 적이 있다. 점원은 물건을 팔아야 했고 나는 그럴 필요가 없음에도 때때로 소비자가 되고 싶었다.

    겸연쩍은 마음에 매장을 나오는데 코끝에 어떤 냄새가 걸렸다. 소갈비와 양념 와사비 냄새였다. 갑자기 웬 소갈비? 주변을 둘러보자 얼마 떨어지지 않은 곳에서 신상 스포츠 가방을 구경하는 엄마와 고등학생 정도의 아들이 보였다. 11층 식당가에 들렀다 오는 길일까? 내시경을 받느라 야채죽 한 그릇으로 끼니를 때운 나는 도톰히 뭉쳐진 갈빗살을 떠올렸다. 백화점에서 파는 떡갈비 정식은 1인분에 3만 원 내외, 넉넉히 시키고 냉면까지 먹었다면 10만 원 정도를 사용했을 것이다. 어쩌면 더 비싼 메뉴를 밖에서 먹고 왔는지도 모르고 그 반대일 수도 있지만 그런 사실과는 상관없이 나의 머리는 의미 없는 계산을 멈추지 않았다.

    두 모자는 밖에서 구경하다 매장 안으로 들어갔고 난 엘리베이터 쪽으로 방향을 틀었다. 아무래도 저녁까지 굶는 건 무리겠다 싶었다. 식사를 할 수 있는 곳은 두 군데. 11층 전문 식당가로 가든지 아니면 푸드 홀이 있는 지하 1층으로 가든지. 11층에서 쌀국수에 춘권을 먹을까 하다가 지하로 내려가기로 결정했다. 단가 차이를 무시할 수 없지만 꼭 돈이 아까워서 만은 아니었다. 가끔 혼자서 3만 원 정도의 식사를 했던 적도 있다. 평소 그 정도의 금액은 괜찮다고 여겼으니까. 엘리베이터에 올라 B1을 누르며 생각했다. 3만 원이라는 기준은 어디서 왔을까. 다달이 들어오는 월급과 월급을 해체시키는 카드 값 보험료 그리고 대중없이 쓰는 용돈의 평균값을 구해 나온 결과는 아니었다. 그냥 그런 생각이 들었을 뿐이다. 돈에 대한 감각은 그렇다. 구체적인 원리는 알 수 없어도 자연스레 몸에 밴 계산법들이 있다. 결국 지나보면 그게 정답인 경우가 많았다.

지하 1층은 사람들로 북적댔다. 중저가 화장품이 밀집해 있는 오른쪽 라인을 벗어나 푸드 홀이 있는 곳으로 향했다. 지나치는 사람들의 복장이 다양했다. 어떤 이들은 가벼운 차림으로 나온 듯 보였고 어떤 사람들은 잔뜩 차려입었다는 느낌을 주려는지 날이 더운 데도 레이어드 스타일로 몸을 감쌌다. 하늘색 스커트에 면 티 하나 걸쳤을 뿐인 30대 초반의 여자에게서는 말할 수 없이 고급스러운 분위기가 흘렀다. 물론 단순한 스커트 하나가 이백만 원이 넘어갈지도 모를 일이었다. 나는 바코드 리더기를 쏴대는 계산원처럼 사람들의 옷값을 계산했고 그들이 타고 온 자동차 브랜드를 상상했다. 딱히 알아야 할 이유가 없는데도 무의미한 가격들이 머릿속에서 소용돌이쳤다.

푸드 홀에서 파는 메뉴는 다른 백화점과 다를 게 없었다. 조금 특이한 샐러드 전문점을 빼고는 그저 그랬다. 확 땅기는 게 없을 때엔 무난한 브랜드를 선택하는 게 현명했다. 오니기리 전문점과 새우만두가 유명한 만둣집 그리고 회전 초밥집으로 선택의 범위를 좁히고 지워나가기 게임을 시작했다. 가장 먼저 오니기리를 삭제했다. 두 개로는 부족하고 세 개는 좀 부담이 될 텐데 괜찮은 맛으로 세 개를 고르면 만 원 가까이 됐다. 그럴 바엔 조금 더 보태 11층 갈비 집에서 회냉면을 먹는 게 낫겠다 싶었다. 만두는 여러모로 적당했지만 빈자리가 나지 않아 기다리다 회전 초밥 가게로 이동했다. 초록은 이천칠백 원 빨강은 삼천육백 원 노랑은 이천이백 원 색깔별로 금액이 매겨져 있었다. 장어와 계란말이, 성게알초밥을 고르면 구천이백 원, 나쁘지 않은 것 같아 자리에 앉으려다 얼른 물러섰다. 생각해보니 선배와의 약속 장소가 일식집이었다. 잠시 고민하다 어묵 가게로 들어갔다. 물컹하게 씹히는 식감과 짭조름한 국물이 마음을 당겼다. 삼천오백 원 하는 게살핫바와 이천 원짜리 잡채어묵 이천이백 원짜리 통깻잎말이를 골랐다. 결제하고 자리에 앉아 국물을 들이켰다. 시원하게 입안을 감도는 국물이 목구멍을 적시자 한층 식욕이 올라 게살핫바를 크게 물었다.

꽤 유명한 곳인지 포장을 주문하는 사람도 많았다. 그들 중 집게를 들고 서성이는 남자가 눈에 띄었다. 삼십 대 후반? 아니 삼십 초반? 나이를 가늠할 수 없는 남자는 밤색 정장에 샤프한 안경테를 썼는데 어묵 두 개와 소시지말이를 계산하고 내 옆으로 와 앉았다. 바로 옆에서 보이는 안경테 브랜드, 필기

체로 휘갈겨 써 놓은 게 비싸 보였다. 안경에서부터 재킷 벨트와 넥타이 그리고 구두를 훑었다. 스캔의 결과는 그러했다. 남자는 영앤리치였다. 그리고 6층에서 본 브랜드를 신고 있는 것 같았다. 벨루티를 신는 사람도 어묵을 사 먹는 걸까? 내가 놀란 것을 알 턱이 없는 남자는 천천히 어묵을 씹었다. 한 번에 뭉텅이로 물지 않고 끄트머리부터 조금씩 잘라 먹는 게 좀스러워 보이기도 했는데 중간중간 주식 어플을 돌리며 어떤 기업의 주가를 확인하기도 했다.

  기성품을 샀을까 아님 맞춤 주문을 통해 구매했을까? 한 달에 얼마나 버는 사람일까? 머리스타일이나 코디로 봤을 때 의사나 변호사로 보이지는 않았다. 그러기에는 조금 날티 나는 느낌이었다. 주식에 관심 있는 걸 보면 외국계 증권사에 다니는 사람일지도 몰랐다. 골드만삭스나 모건스탠리같이 이름만 들어도 아우라가 느껴지는 회사의 연봉은 억대가 넘어갈 테니 벨루티를 신었다 해도 이상할 건 없었다. 하지만 순전히 짝퉁으로만 휘감은 사람이라면? 갑자기 진품인지 짝퉁인지 확인하고 싶은 욕구가 솟구쳤다. 나는 슬쩍 젓가락을 떨어뜨려 줍는 척 허리를 숙였다. 그가 엉덩이를 들썩이기는 했지만 발 위치를 옮기지는 않았다. 벨루티와의 거리는 10센티 내외, 구두에 새겨진 문양과 전반적인 느낌이 닮은 듯했지만 확신 할 수는 없었다. 시간을 오래 끌었다가는 오해를 받을 것 만 같아 상체를 들어 자세를 바로 했다. 그는 잠시 흘끔거리더니 소시지말이 꼬치를 다 먹고는 티슈를 뽑아 입술을 닦았다. 곧 일어서려는 듯 보였다. 나 역시 남은 어묵을 쑤셔 넣고 따라 일어섰다. 남자는 엘리베이터가 있는 방향으로 가려다가 화과자 가게 앞에서 방향을 틀었고 주변을 두리번거리더니 화장실이 있는 곳으로 향했다. 계속 따라갈까 망설였지만 이보다 더 가까이서 구두를 볼 기회는 영영 없을 거라는 생각에 마음을 굳혔다. 화장실에는 흰색 소변기 세 개가 나란히 배치돼 있고 사이사이의 공간도 널찍해 바로 옆 칸에서 볼일을 본다 해도 변태로 취급받지는 않을 것 같았다. 난 세면대 앞에서 머리를 만진 다음 그의 옆 칸에 자리를 잡았다. 지퍼를 열고 오줌이 나올 리 없는 성기를 꺼내자 슈익 하는 소리를 내며 변기에 물이 흘렀다. 부드럽게 흐르는 물소리를 들으며 조심스레 남자의 구두를 훑었다. 밝은 조명 아래 있어 그런지 디테일할 부분까지 자세히 보였다. 원아일렛(eyelet) 더비 스타일에 특유의 문양이 새겨진 디자인. 6층에서 본 브랜드가 틀림없었다.

남자는 손을 서너 번 털고 나서 흰색 드로즈를 허벅지까지 내렸다가 다시 추켜 입었다. 그러는 동안 나는 얼른 지퍼를 올리고 밖으로 나왔다. 곧이어 그도 따라 나왔다. 잠깐 내 쪽을 보는 듯하더니 이내 멀지 않은 화장품 전문점으로 들어갔다. 주변을 두리번거리는 그에게 어떤 여자가 다가와 인사했다. 두 사람은 직원의 안내를 받으며 물건을 구경했다. 나 역시 잠시 시간을 뒀다 매장 안으로 들어갔다. 구석에서 샘플을 정리하던 직원이 다가와 물었다. 어떤 걸 찾으시냐고. 선물용이라는 것을 확인한 여자는 최고가 라인 위주로 제품을 보여줬다.

전에 시어버터 향을 써 본 적 있으세요?

아뇨, 한 번도요.

여자가 샘플을 건네며 은은한 향을 맡게 했다.

이건요 프랑스에서는 카리테 나무라고도 하는데 북아프리카에서 주로 자라거든요. 열매의 생김새가 버터를 닮았다고 해서 시어버터에요, 재밌죠?

점원과 대화를 나누는 사이 두 사람은 계산을 끝낸 쇼핑백을 들고는 어디론가 사라져 버렸다. 난 직원의 설명을 듣고 샘플을 발라보기도 하고 냄새를 맡았다. 이달의 프로모션 세트부터 시작해 스테디셀러라는 시어버터 관련 제품 그리고 새롭게 선보인 기능성 화장품까지. 10분쯤 설명을 듣고 나서 결정의 순간이 왔음을 느꼈다. 직원이 설명해 준 것처럼 피부 톤이 거뭇한 은주를 위해 159,000원짜리 화이트닝 세트와 38,000원짜리 캔들 세트를 선택했다. 직원은 정성스럽게 포장을 해줬고 따로 요청하지 않았어도 남성용 샘플을 챙겨주었다. 5개월 무이자가 가능했지만 일시불로 긁었다.

좋은 선물 되세요, 그리고 이십만 원 채우시면 8층 이벤트 홀에서 선물 받으실 수 있으니까 잊지 마시고요.

엘리베이터로 향하는 길에 남자와 곁에 선 여자를 한 번 더 마주쳤다. 그들도 같은 쇼핑백을 들고 있었다. 난 쓸데없이 오른손에 들고 있던 쇼핑백을 왼손으로 바꿔들며 아무것도 없는 허공을 바라봤다. 그들이 곁을 스치는 동안 주머니 속 핸드폰이 진동했다. 카드 사용 문자인 듯싶었다. 다들 목적지가 이벤트 홀이었던지 엘리베이터 안 모두가 8층에서 내렸다. 이벤트 홀 앞은 증정품을 받으려는 사람들로 북적였다. 하루 종일 백화점 내에서 마주친 사람들 대부분이 모여 있었다. 바로 앞에서는 엄마와 딸로 보이는 여자 둘이서 영수증을 꺼내 내역을 확인했다. 여섯 장이 넘는 영수증을 갖고 있었는데 그중 한 영수증에는 삼십 개도 넘는 목록이 적혀 있었다. 지하 식품매장에서 산 것들로 보였다. 유기농 메이플시럽이 27,800원 베지테리언 볼로네제 파스타 소스가 19,400원 이탈리아제 토판 천일염 700g에 31,300원 치폴레 소금 250g에 22,400원 프랑스 수제 잼 세트가 39,000원. 잘 알지도 못하는 제품명과 그에 딸린 가격을 따라 읽었다.

영수증을 구경하는 사이 긴 줄이 줄어들었고 이십분 넘게 기다린 공으로 만 원짜리 상품권을 받을 수 있었다. 미어러지는 엘리베이터를 타고 갈 자신이 없어 에스컬레이터 쪽으로 발길을 돌렸다. 개미들처럼 줄을 선 사람들을 보며 익숙한 기분이 느껴졌다. 몰랐는데 작년 추석에도 와인을 사러 한 번 들렀던 것도 같았다. 추석이 아니라 설이었다고 해도 상관없었다. 아무래도 좋았다. 생각 없이 행복해 보이는 사람들 뒤에 붙어 에스컬레이터에 올랐다.

한 층 한 층 내리다 보니 어느새 6층에 도착했고 나는 예상에도 없던 벨루티 매장으로 향했다. 쇼윈도에는 아까의 구두 대신 연한 밤색의 스트레이트 팁(straight tip) 스타일 구두가 진열되어 있었다. 누가 사건 걸까? 구두를 보고 있는 내 얼굴이 유리에 비췄다. 눈을 맞춘 우리는 새로 나온 구두의 가격을 확인했다. 419만 4천 원, 가격을 나타내는 숫자는 다른 숫자와는 달랐다. 신호등의 남은 시간을 알려주는 숫자와도 다르고 달력에 쓰여 있는 숫자와도 달랐다. 뜻을 갖고 있는 문자처럼 다양한 의미들로 채워져 있었다. 한참이나 가격을 웅얼거리다 다시 에스컬레이터로 향했다. 백화점을 나와서는 이백 미터쯤 걸어 보관함 앞에 섰다. 핸드폰에 전달된 비밀번호를 누르자 보관함 문이 열렸다. 책을 꺼내려는데 선배에게서 전화가 왔다.

　선배, 벌써 도착했어?

　그게 아니라 택시 타고 가고 있는데 차가 막히네, 미안하다 심부름까지 시키면서.

　괜찮아, 천천히 와요.

　그래 좀만 기다려라. 근데 너 오늘 연차 냈다 안 했어?

　냈죠. 그러니까 이렇게 놀고 있지. 아침에는 검진 받았어요.

　그랬냐? 야 근데 검진 받았는데 술 마셔도 돼?

　아 돼요 돼. 걱정 마요. 아직 사용할 만 하대.

　그래? 알았다. 근데 너 종일 뭐했냐?

　대화 중간 핸드폰이 진동했다. 결제 문자가 뒤늦게 전달된 모양이었다. 내용을 확인하려 뺨에서 핸드폰을 떼자 선배의 목소리는 작게 줄어들었다. 액정을 터치해 주르륵 이어진 문자를 확인했다. 병원 카페에서 마신 카모마일 3천 5백 원, 편의점에서 산 껌 천 원, 5천 원짜리 볼마커와 어묵세트, 은주를 위한 선물 19만 7천 원 그리고 보관함 비용 4천 5백 원. 합이 21만 8천 7백 원이었다.

프랑스 말로는 코아코아

프랑스 말로는 코아코아

 엄마가 즐겨 앉아 있던 자리는 깨끗하게 치워져 있다. 원래부터 아무것도 없었다는 듯 전보다 더 반질반질하게 닦여 있어 낯설어 보이기까지 한다. 손을 뻗어 거실 전등을 끈다. 북향이라 한낮이지만 어두컴컴하다. 해질녘이나 돼야 엄마가 앉곤 했던 소파 자리에까지 저녁볕이 들어찰 것이다.
 엄마는 저녁볕을 좋아했다. 밖에 나가 할 일 없이 동네를 한 바퀴 돌고 온 다음에는 베란다 창을 통해 들어오는 직사각형의 작은 빛, 그 빛을 우두커니 바라보곤 했다. 그리고 하루의 의식과도 같은 감상을 마무리하고 나면 소파 밑에 내려앉아서는 TV를 켠 다음 가슴께로 끌어당긴 작은 상에 밥을 차려 먹었다. 왠지 불편해 보여 볼 때마다 한마디씩 했지만 엄마는 말을 듣지 않았다. 불편한 일도 습관이 되면 그럭저럭 괜찮은가 싶었다.

엄마는 식탁 의자에 앉는 걸 싫어했다. 딱딱해서 싫다고 했지만 사실 식탁 의자에는 푹신한 쿠션이 깔려 있어 엉덩이가 아플 일은 없었다. 어쩌면 구석진 자리의 식탁보다 조금이라도 바깥 풍경이 보이는 곳에서 밥을 먹고 싶었는지도 모르겠다. 언젠가 엄마는 베란다 창을 통해 들어온 바람이 그리로 지나간다고 했다. 내게 그 바람이 좋다고 말했다. 한번은 낮잠에 들었다 깼을 무렵, 나 역시 엄마가 얘기한 바람을 만났던 적이 있다. 여름날 늦은 오후 젖은 이마의 식은땀을 가만히 훑고 지나가는 바람. 해는 저물어 가고 꺼지기 직전의 열은 볕이 발치 끝에 머물러 있었다. 나는 가만히 발을 뻗어 희미한 볕에 발등을 댄 채 천천히 빛이 스러져가는 걸 지켜보았다. 점점 채광이 사라져가는 거실에 앉아 오래도록 지켜보았지만 마지막 찰나를 잡을 수는 없었다. 빛은 언제쯤 사라졌을까? 방금까지도 있었던 듯, 사라진 볕. 그렇게 오후는 물러나고 말았다.

엄마는 저녁을 다 먹고 난 다음에는 무릎께로 상을 밀어 놓고 등을 소파에 기댄 채 몇 번이고 봤던 드라마를 또 보고는 했다. 원래는 다 먹은 상을 앞에 두고 드러눕는 성격이 아니었는데 얼마 전부터는 상 위에 팔까지 올려놓고 몇 시간이고 앉아 있기도 했다. 3년 전 수술 받은 무릎관절이 시원찮아서 그랬는지 모르겠다.

우두커니 TV를 보던 엄마는 뜬금없이 말을 걸어오기도 했다. 장 보러 나갔다가 가스불 켜 놓은 게 갑자기 생각났다는 듯

느닷없이. 가끔 서울에서 직장 생활을 하던 내가 내려와 작은 방에서 뭔가를 하고 있을 때엔 특히 더 그랬다. 어떨 때는 혼잣말을 하는 건지 정말로 말을 거는 건지 헷갈리기도 했다.

개가 짖네? 이놈에 머리카락. 국이 좀 짰나? 현규야 밤에 비 온대. 창문 닫아놨어? 하는 시답잖은 얘기들. 당장 확인하지 않아도 상관없는 말들. 그나마도 엄마의 발음이 새는 탓에 나는 방문 쪽으로 고개를 돌렸다가 다시 내 할 일에 집중하곤 했다. 그렇게 내가 대답도 없이 방을 정리하고 있다 보면 엄마는 어느새 방문을 열고는 내가 뭘 하고 있는지 지켜보곤 했다. 당신 바로 코앞에 있는 내게 목까지 쭉 내밀고 서서는…….

엄마가 기대어 있던 자리를 바라본다. 장례식은 조용히 마무리됐고 누나네 가족도 1시간 전 자기들 집으로 돌아갔다. 시간은 오후 5시가 넘어가고 있다. 기울기 시작한 볕은 거실 중간쯤 들어와 있다. 나는 저녁볕을 기다리듯 가만히 서서 장례식장의 일을 떠올린다. 대놓고 말하진 않았지만 사람들은 수군거렸다. 엄마가 고독사 했다고. 따지고 보면 틀린 말은 아니었다. 엄마는 죽은 지 이틀 만에 발견되었고 죽을 때 혼자였던 건 사실이니까. 누나는 펄쩍 뛰었다. 무슨 고독사냐고, 말 함부로 하지 말라고 언성을 높였다. 사정을 잘 모르는 남들도 그랬지만 우리에게 가장 화가 난 사람은 평택에 사는 큰이모였다. 큰이모는 어쨌든 엄마가 혼자 죽었다고 말했다. 멀쩡히 자식들이 있는데도 불구하고 혼자 죽었다가 이틀 만에 발견됐다고. 옆에 있던 외사촌들이 뜯어말리긴 했지만 또 틀린 말은 아닌 것 같아 나는 그저 고개만 끄덕였다.

염을 한 뒤 마주한 엄마의 얼굴은 비교적 평온해 보였다. 인중 부근의 주름이 좀 더 짙어 보이는 걸 제외하면 평소와 다를 바 없는 얼굴이었다. 다만 죽기 얼마 전 엄마와 있었던 기억 탓인지 살짝 튀어나온 입속에 무슨 말 꾸러미라도 들어있는 듯 왠지 불룩해 보였다. 사탕이라고 물고 있는 듯했던 엄마의 얼굴. 엄마는 무슨 말을 하고 싶었던 걸까? 사람들이 옆에 없었더라면 나는 어쩌면 입술을 벌려 살짝 그 안을 들여다봤을 지도 모르겠다.

'엄마, 혹시 하고 싶은 말이라도 있어? 말해봐.'

사망 진단서를 끊어준 의사 말로는 주된 원인은 오래전부터 알아온 심부전으로 인한 심장 마비였다. 엄마는 그렇게 심장이 멈춘 채 죽어 간 사람으로 서류에 기록되었는데 장례식에 온 사람들은 원인에 대해서는 별로 궁금해하지 않고 그저 혼자 죽었다는 사실에만 관심을 보였다. 동시에 사람들은 내게 궁금해했다. 엄마의 마지막 모습에 관해. 무슨 말이라도 해야 했지만 이미 돌아가신 뒤였어요. 외관상 별다른 건 없었고요. 하는 말 외에는 달리 전할 게 없었다. 정말 그랬다. 집에 도착해 처음으로 엄마의 얼굴을 마주했을 때 희미하게 남아 있는 여름 해에 드러난 엄마의 얼굴은, 평범히 잠에 든 사람의 모습이었다. 왠지 모를 불쾌한 냄새가 났고 사후 경직의 흔적도 보였지만 그땐 미처 그런 생각까지는 하지 못했다. 설마 엄마가 죽었을 거라는 생각은 정말 하지 못했다. 차갑게 식은 이마와 뛰지 않는 심장을 만져보기 전까지는 진짜 깊은 잠에 든 줄 알

앉다. 당황한 내가 거실 불을 켰을 때, 그 밝음 속에서 드러난 엄마의 얼굴, 무릎 아래에 펼쳐져 있던 상과 말라 꼬부라진 반찬, 엄마의 입안에 남아 있던 밥풀. 내 눈에 가득 찬 새하얀 밝음 속의 엄마의 얼굴, 엄마의 눈은 진물인지 뭔지 살짝 젖어 있었다. 발목 근처에는 저녁볕이 머물러 있었다.

우리 가족은 되도록 조용히 장례식을 치렀다. 엄마의 유골은 당신이 원하던 대로 평소 다니던 절에 모셔졌고 유난스럽던 외가 쪽 사람들도 모두 서울로 올라갔다. 점심때까지 남아 집안을 정리하던 누나는 냉장고에 남은 음식들을 말끔히 정리하고는 급한 불은 껐다는 표정으로 일단 출근도 해야 되고 다들 일이 있으니까 남은 일은 언제 날 잡아서 처리하자고 말했다. 그러고는 누나는 반쯤 닫혀 있던 베란다 창을 활짝 열고 숨을 크게 들이마셨다. 누나의 오른손에는 검정 비닐 봉투가 들려 있었는데 벌어진 틈으로 문드러진 앵두가 보였다. 그날 엄마가 딴 앵두인 것 같았다.

엄마가 죽기 2주 전, 나는 어버이날에 내려오지 못한 게 마음에 걸려 주말을 이용해 충주 본가에 내려왔다. 그날 엄마의 행동은 좀 이상했는데 점심쯤 전화를 걸어 저녁에 도착할 것 같다고 알리자 고속버스터미널에 마중을 나와 있겠다며 생전 안 하던 고집을 부려댔다. 엄마는 그런 사람이 아니었다. 뭐든 아들이 하자는 대로 하던 사람이었기에 나는 적잖이 당황했었다. 터미널이 집에서 가깝기는 해도 성인 걸음으로 20분 거리라 나오지 말라고 만류했지만 엄마는 막무가내였다. 어린애처럼 구는 게 영락없이 치매를 앓는 노인네 같았다.

나는 한사코 엄마를 말렸는데 무릎도 안 좋은 노인네가 걱정돼 그렇기도 했지만 실은 집에 가기 전에 해야 할 일이 있어서였다. 볼일이란 건 여자 친구에게 개구리 울음을 녹음해 오겠다고 한 약속에 관한 것이었다. 뒤늦게 대학원에 간 여자 친구는 생태 관련 발표 자료에 쓰일 개구리 울음 소리가 필요하다 했다. 인터넷에서 쉽게 찾을 수 있는 것보다 현장감이 느껴지는 리얼한 사운드를. 나는 본가 근처에 있는 호수 공원 주변의 작은 연못에서 녹음을 할 수 있을 거라고 대답했다. 정말? 생각보다 여자 친구의 반응은 뜨거웠고 모처럼 생색낼 기회라는 생각에 꼭 담아오겠다고 큰소리를 쳤다. 발표를 도와주고 싶은 마음도 있었지만 충주 집에 한번 놀러오고 싶다던 여자 친구에게 동네의 전원적인 풍경을 소리로나마 들려주고 싶은 마음도 없잖아 있었다. 그래서 엄마에게 도착 시간을 정확히 알려주지 않고 내려온 길이었다.

현규야! 집으로 안 가고 어디 가?

터미널을 나와 집 반대편 공원으로 향하는데 웬 쉰 목소리가 날 불러 세웠다. 엄마였다. 덥지도 않은지 오래된 봄잠바를 입고 선 채로.

엄마. 여기 어떻게 나왔어?

아, 그냥 미리 나왔었지. 올 때가 됐는데 전화도 안 오고……. 가는 길에 오이 사서 냉국 할라고.

나한테 사오라고 하면 되지. 뭐 하러 나와 엄마는. 암튼 엄마 먼저 집으로 들어가. 나 잠깐 들릴 데 있어서 그래.

어디를?

저기, 그냥 공원에 좀. 암튼 금방 갈게요. 먼저 들어가.

거긴 왜?

개구리 녹음이니 여자 친구니 쓸데없는 말을 꺼내면 결혼은 언제 하냐는 둥, 집에 데리고 오라는 둥 밤새 시달릴 것 같아 엄마에게 집으로 가 있으라고 말하고는 빠른 걸음으로 공원을 향했다. 얼마 지나 뒤를 돌아보자 엄마가 날 따라오고 있었다. 아무리 돌아가라고 손짓을 해도 엄마는 걸음을 멈추지 않았다. 나는 고집을 꺾기 어렵겠다는 생각이 들어 기다렸다 함께 걸었다. 공원에는 생각보다 사람이 많지 않았다. 강아지를 데리고 산책 나온 사람들이 더러 있고 자전거를 타는 아이들 몇몇이 보였다. 분수 쇼가 끝난 시간이라 그런지 평소 아이들을 데리고 나오던 젊은 엄마들은 모두 돌아간 것 같았다. 엄마를 가까운 벤치에 앉히고는 호수에서 갈라져 나온 작은 도랑이 있는 곳으로 걸었다. 어느덧 해가 지기 시작해 개구리들이 드문드문 울어댔다. 그러다가도 인기척이 느껴지면 일제히 울음을 멈추곤 했다. 나는 한쪽 풀숲에 쭈그리고 앉아 조심스레 핸드폰을 꺼내 도랑 쪽으로 손을 뻗었다. 중간중간 개가 짖고 자동차 경적소리가 섞이는 바람에 몇 번이나 삭제했다 다시 하기를 반복했다. 그렇게 얼마쯤 기다리자 주변이 차츰 고요해졌고 나는 이제 됐겠다 싶어 핸드폰을 쥔 손을 앞으로 뻗으며 한시름 놓았다.

갑자기 왜 그러지? 한참 신나게 울던 개구리들이 울기를 그쳐 뒤를 돌아보자 어느새 엄마가 목을 쭉 빼고 날 바라보고 있었다.

여길 뭐 하러 왔어. 앉아서 쉬지.

너 지금 뭐 하는데? 개구리 잡을라고?

개구리를 왜 잡아. 그게 아니고 리코딩하려고.

네코디?

아니, 아냐 엄마, 엄마 일단 움직이지 말고 가만 있어봐. 엄마 때매 개구리가 안 울잖아.

너도 참, 비가 와야 울지. 날이 이렇게 좋은데 개구리가 울어?

내가 못 산다 진짜. 가만히 좀 계셔.

엄마는 뭐가 그렇게 신기한지 주름에 둘러싸인 눈을 반짝였다. 세상에 처음 나온 아이처럼 모든 것의 냄새를 맡아보고 모든 것을 입에 넣어보고 말을 걸려하는 것 같았다. 평소에 좋아하던 활짝 핀 민들레 때문에 기분이 좋아져 그랬는지 알 수 없지만 어떤 날보다도 눈빛이 초롱초롱했다. 백내장 수술 후유증으로 신호등이 번져 보인다고 했던 것 같은데 그날만큼은 그렇지 않았던 모양이다. 엄마가 내 뒤에서 무르팍에 두 손을 받치고 서 있는 동안 손가락 한 마디만 한 청개구리가 튀어나와 저보다 두 배는 커 보이는 참개구리의 노란 줄무늬 등 위로 풀쩍 뛰어올랐다. 밑에 깔린 참개구리는 놀랍지도 않은지 청개구리를 등에 업은 채로 호수 쪽으로 점프를 했다. 한 번 움직일 때마다 15센티 정도씩 뛰었다 잠깐 쉬고 또 움직이고 그랬는데 청개구리는 밥풀때기만 한 작고 하얀 뒷발을 참개구리 옆구리에 딱 붙인 채 가끔 제 눈을 앞발로 문질러댔다. 엄마는 녀석과 눈을 맞추려는 듯 고개를 갸웃하다 두 손으로 깍지를 끼고는 혀를 내밀었다. 신기한 모양이었다. 그러다가도 엄마는 또 금세 물결에 쏠려 살랑거리는 민들레 꽃대와 꽃잎을 보며 나한테 보라는 듯 손가락으로 가리켰다. 나는 엄마가 더 자세히 볼 수 있도록 손전등 어플을 켜 주위를 밝혔다. 한 뿌리에서 나온 노란 민들레꽃 세 송이가 물결에 흔들리고 늘어진 잎사귀는 물에 젖어 더욱 푸르게 보였다. 나도 흔들리는 꽃대를 잠시 바라보았다. 해는 우리 등 뒤로 넘어가고 물결은 얕은 도랑을 흘러 갈대밭 쪽으로 스며들어갔다.

엄마는 시선을 한곳에 오래 두지 못했다. 눈앞의 개구리를 보는 것 같다가도 금세 푸른 등줄기를 한 여치에게로 시선을 돌렸고 그러다 물을 따라 흐르는 민들레 꽃잎에 주의를 기울였다. 딴 사람 같았다. 반숙을 좋아하는 아들을 위해 노른자 익는 걸 지켜보고 있거나 베란다 바닥을 쓸거나 옥상 장독을 닦는 일이 아닌, 쓸데없는 일에 관심을 보이고 있었다. 아무짝에도 쓸모없는 그런 일들에 대해. 처음 보는 엄마의 모습이었다.

장례식에 쓰인 영정사진을 보면서 누나도 그런 말을 한 적이 있다. 현규야, 엄마 사진 좀 이상하지 않니? 뭐가? 환하게 잘 나오긴 했는데 눈에 초점이, 글쎄 잘은 모르겠는데 노인정에서 단체로 찍으러 가서 그런지 사진사가 꼼꼼하게 봐준 거 같지는 않네. 사진 속 엄마의 표정은 먼 곳을 향해 있었다. 표정이 밝아 보이기는 했지만 그러면서도 넋이 나간 듯한 느낌을 주었다. 어쩌면 한 번도 가보지 못한 곳에 눈길을 주고 있는 것 같아 보이기도 했고 입에는 말주머니가 한가득 들어 있는 것만 같았다.

엄마가 생전 가보지 못한, 하지만 한 번쯤 가보고 싶었던 곳은 어디였을까? 나는 앵두가 담겨 있는 비닐봉투를 들어 조금 덜 무른 앵두 하나를 집어 든다. 완전히 문드러지진 않았지만 그날 공원에서 맡았던 향에 비할 수는 없다. 수십 번의 시도 끝에 개구리 울음을 녹음한 뒤 집으로 돌아가는 중이었다. 옆에서 조용히 걷던 엄마가 갑자기 잔디밭으로 뛰어 들어갔다. 얼른 나오라고 손짓했지만 엄마는 들은 척도 하지 않고 어깨까지 자란 나뭇가지를 이리저리 들추기 시작했다. 누가 볼까 뒤따라가 엄마의 어깨를 붙들었다.

엄마, 여기 잔디밭에 들어가지 말라고 쓰여 있잖아.

엄마는 대답 대신 손을 펴 앵두를 보여주었다.

뭐 하려고? 아직 익지도 않은 것 같은데.

고집을 부리는 엄마를 끌어내기 위해 실랑이를 벌이다 옆 나무에서 뻗어 나온 가지를 건드렸다. 굽은 나뭇가지가 탄성에 의해 흔들리자 흐드러지게 피어 있던 꽃잎이 공중으로 흩날렸다. 처음 보는 꽃이었는데 끄트머리에 복슬복슬한 술이 달린, 부채를 활짝 펼쳐 놓은 것 같은 모습이었다. 그중 하나가 엄마 머리 위로 내려앉았다. 자세히 보니 아랫부분은 하얗고 위로 갈수록 분홍빛이 짙어지는 생김새였다. 나무 밑 푯말에는 자귀나무라고 적혀 있었다. 엄마는 자기 정수리에 자귀꽃이 얹힌 줄도 모르고 앵두에 정신이 팔려 바삐 손을 움직였다. 엄마가 움직일 때마다 자귀꽃 또한 바람에 살랑이며 꼬물거렸다. 수십 개의 가늘고 긴 수술과 중앙의 노란 암술이 꼬물거리는 게 마치 살아 있는 듯 보였다.

엄마 이제 가요. 많이 땄잖아. 그리고 이런 거 좀 욕심내지 마. 마트 가면 삼천 원도 안 하겠네. 엄마는 대꾸도 않고 손에 들린 앵두를 주머니에 넣고는 낮은 울타리를 천천히 넘었다. 내가 뭐라 하든 말든 관심도 없다는 듯 살짝 웃는 것도 같았다. 난 그런 엄마가 못마땅해 머리 위에 붙은 자귀꽃을 떼 주지 않았다. 머리에 꽃이 붙은 지도 모르는 엄마는 저리던 무릎이 조금 수월해졌는지 얼마 지나지 않아서는 나보다 앞서 걸었다. 공원은 더 한적해졌고 초여름 해도 기울기 시작해 가로등에 불이 들어왔다.

엄마는 저만치 걷다가 가로등 밑에 서서 주머니 속 앵두를 꺼내 불빛에 살펴보았다. 썩은 걸 골라내는 것 같기도, 빛깔이 고운 것을 찾고 있는 것 같기도 했다. 그러다 바람이 불어 엄마 머리 위에 붙어 있던 자귀꽃이 호수 쪽으로 날렸다. 꽃잎은 곧장 떨어지지 않고 내려앉다 솟구치기를 반복하며 제법 멀리 날아갔다. 잔잔하던 호수에도 바람이 불었다. 호수에 비친 붉은 노을이 동심원을 그리며 일렁였고 엄마가 입고 있던 얇은 봄잠바 사이로 바람이 파고들어 부하게 부풀어 올랐다. 발목까지 내려온 깡총한 남색 바짓단 역시 금방이라도 공중에 뛰어오를 것처럼 부들거렸다. 바람은 점점 거칠어져 바짓단이 발목에 부딪히는 소리가 파르바바 파르바바 울렸다.

150센티가 겨우 넘는 키의 엄마 얼굴은 노을빛에 묻혀 어디서 불쑥 튀어나온 작은 여자애처럼 보였다. 늙은 듯 늙지 않은 여자애, 그 여자애는 먼 바람을 타고 곧 멀리멀리 날아갈 것 같이 묘한 미소를 지었다. 바람 때문에 눈꺼풀이 간지러운지 엄마가 고개를 숙이고 눈을 비볐다. 그러는 동안 더욱 세찬 바람이 불어왔다. 엄마는 잠깐 휘청이는가 싶더니 다시 고쳐 서서는 앵두를 바라보았다. 나는 길가의 돌멩이를 주워 호수를 향해 물수제비를 떴다. 하나 둘 셋 넷 일곱 여덟……. 엄마는 물수제비가 얼마나 멀리까지 가는지 지켜보다 다시 걷기 시작했다. 앞서 걷던 엄마는 뒤돌아보며 내게 고개를 끄덕여 보이기도 했다. 무슨 뜻인지 알 수 없었지만 어쩐지 기분이 좋아 보였다. 엄마는 공원을 가로지르는 샛길 대신에 멀리 돌아가는 길을 택했고 중간중간 덤불 밑에 숨어 있는 고양이나 개를 보려고 허리를 구부려 밑을 살피기도 했는데 나 역시 그런 엄마를 갸우뚱한 모습으로 바라보았다.

   담배를 사러 집을 나선다. 집 밖에 나와 바라보니 30년도 넘은 빌라의 담벼락이 조금씩 금이 가 있는 게 보인다. 3층짜리 건물 여섯 개가 모여 있는 작은 빌라 촌의 입구에 서서 큰길로 이어지는 길가에 심겨 있는 느티나무를 바라본다. 그 옆 세탁소 앞에 있는 평상 밑에 고양이 한 마리가 웅크리고 있다. 이 동네에는 길냥이도 유기견도 제법 많은 편이다. 사람들은 녀석들을 쫓거나 그렇다고 거둬 먹이지도 않는다. 우리가 공원에서 집으로 돌아오던 길에도 유기견 한 마리가 있었다. 아니 그 녀석은 우리를 따라오는 듯했다. 신호등을 건너 동네 초입으로 들어서는데 엄마가 뒤를 돌아보며 또 웃었다. 초기 치매인가 싶어 걱정이 돼 물었다.
   엄마 왜 그래. 왜 아까부터 자꾸 웃어?

아 쟤가 따라오니까 그러지.

누구?

엄마가 가리킨 곳에는 먼지를 뒤집어쓴 하얀 스피츠 한 마리가 보였다. 아직 덜 자란 것 같은 체구에 주둥이 주변이 시커멓게 물든 개가 어깨를 살짝 내린 채 우리를 바라보고 있었다. 엄마 말로는 공원에서부터 따라오는 중이라고 했다.

진짜? 몰랐네. 근데 왜 쫓아온대?

아, 나도 모르지.

엄마는 모른다고 했지만 실은 알고 있는 것처럼 녀석에게 눈길을 보냈다. 녀석도 엄마를 향해 꼬리를 흔들고는 혀를 내밀었다. 서로 아는 사인가? 동네 슈퍼에 들러 오이랑 두부를 사서 나올 때까지 녀석은 우리를 기다려주었다. 엄마는 빌라로 들어가는 입구에 서서 다시 강아지를 돌아봤다. 쟤는 주인이 없나? 지나가는 투로 엄마가 말했다. 그럼 주인이 있는 애로 보여? 꼴이 저런대? 강아지에게 관심을 보이는 엄마가 낯설게 느껴졌다. 엄마는 동물을 싫어하진 않았어도 기르는 걸 좋아하는 사람은 아니었다. 자신이 닭띠라서 개하고는 상극이라 말한 적도 있었다. 그 때문에 어렸을 적 강아지를 키우고 싶어 했던 나는 번번이 기회를 놓치고는 했다. 엄마는 빌라 안으로 들어가려다가 다시 한 번 뒤를 돌아 녀석과 눈을 마주쳤다.

엄마, 왜 그래? 데려다 키우고 싶어서 그래? 행여 그런 생각 하지도 마. 엄마가 어떻게 개를 키워. 아 알지. 못 기르지, 나도 알지. 불쌍해서 보는 거지. 니들이라도 집에 있으면 몰라도 내가 혼자서는 못 기르지. 근데 엄마 이상하네. 털 날린다고 질색

하던 사람이 웬일이래. 녀석은 우리 얘기를 다 듣고 있다는 듯 귀를 쫑긋 세웠다 내렸다 하면서 제자리를 몇 번 돌았다. 엄마는 정말 녀석을 키우고 싶었던 걸까, 함께 저녁별을 보고 싶었던 걸까. 알 수 없다.

  마루 밑에 있던 고양이가 하품을 늘어지게 하더니 기어 나와 근처 초등학교로 걸어간다. 슈퍼에 들러 담배와 생수를 사고 나와 다시 집을 향해 걷는다. 세탁소를 지나며 마루 밑을 보니 이번에는 강아지가 누워 있다. 엄마와 함께 만났던 그 녀석인가 싶다. 마루 옆에는 조금 전까지도 없었던 그릇이 놓여있다. 누군가 갖다 놓은 모양이다. 나는 생수를 따 그릇에 부어주었다. 그러고는 멀찍이 떨어져서 돌아보자 녀석이 물을 마시지는 않고 날 바라본다. 엄마를 생각하고 있니?

  현관문을 열고 집에 들어서자 노을이 소파 앞까지 늘어져 있다. 엄마가 늘 앉던 곳에 허리를 기대고 앉는다. 얼마나 오랜 세월이 흘렀는지 소파가 움푹 들어가 있다. 몸을 기댄 채 거실에 앉아 사방을 둘러본다. 베란다에 있는 먼지투성이 보일러 위에는 늙은 호박이 소쿠리에 담겨 있다. 파리가 빙빙 돌고 있지만 파리를 쫓을 사람은 없다. 자리에서 일어나 활짝 열린 창밖으로 고개를 내민다. 오후 6시가 넘은 여름 공기는 어딘가 게으르다. 축축이 젖은 휴지처럼 몸을 무겁게 한다. 머릿속의 기억도 노곤히 젖어 든다. 바로 얼마 전의 일도 옛날 일만 같다.

  여자 친구에게서 톡이 왔다. 학교 일정이 바빠 둘째 날에 얼굴만 비치고 돌아간 게 마음에 걸린다고 쓰여 있다. 나는 괜찮다는 메시지를 적다 말고 스크롤을 올려 얼마 전에 전해주었던 개구리 울음 파일을 찾는다. 증간 중간 실패한 것까지 포함해 여덟 개가 넘는 파일이 차례로 올려져 있다. 그중 하나를 플레이 시키고는 눈을 감는다.

풀숲을 헤치는 내 발자국 소리, 희미하게 물 흐르는 소리가 들린다. 개구리들이 폴짝 뛰는 소리, 왕매미 울음소리도 섞여 있다. 얼마쯤 지나자 한 녀석이 울기 시작하고 곧이어 수 십 마리의 개구리 떼가 일제히 울음주머니를 문지르며 울어댄다.

진짜 그렇다니까. 미국에서는 '리빗리빗' 운다고 하고 또 중국에서는 '콰콰' 운다고 말한다니까. 암튼 그래. 정말로 우리나라 사람들만 개굴개굴이라고 한다고. 아니 왜, 사람 말을 못 믿어!

어째 그렇대? 개구리 우는 소리는 다 똑같은데.

나도 모르지. 그리고 짝짓기 할 때만 물에서 살고 청개구리는 원래 나무 위에서 살아. 엄마는 시골에서 자랐으면서 그런 것도 모르고 있네.

개구리가 나무에서 살아?

내 곁에 서 있던 엄마, 녹음된 엄마의 목소리는 정말 신기한 걸 알게 됐다는 듯 잔뜩 흥분해 있다. 엄마는 그 외에도 궁금한 게 많은지 이런저런 얘길 한다. 나무 위에서 뭘 먹고살고 또 어떤 나무에서 사느냐고. 나는 엄마를 골려주려 생각나는 대로 거짓말을 하고 있다. 애벌레나 진드기 같은 걸 먹고 주로 참나무처럼 키가 크고 줄기가 맨들맨들한 활엽수 위에서 이슬을 마시면서 살아간다고. 엄마는 내 얘기를 가만히 듣고 있다가 정말로 그런 것 같다는 듯 응, 하고 답한다. 그러고는 다시 묻는다. 그럼 낮에는 어디서 산대? 살아있을 적의 엄마 목소리가 내게 말을 건다. 지금은 없는, 언제고 내 곁에 있었던 사람의 목소리. 베란다 창으로 저녁 바람이 불어온다.

엄마! 주무셔? 아무리 어깨를 흔들어도 엄마는 대답하지 않았다. 엄마의 콧구멍에 손을 댄 후에 떨리는 손으로 진물이 맺힌 눈꺼풀을 들어 올렸다. 나는 세상에서 제일 무거운 눈꺼풀을 제자리에 덮어 주고 주저앉았다.

의사는 말했다. 잠을 자듯 편안했을 거라고. 유족을 위한 배려였는지 몰라도 실제로 엄마가 누워 있던 자리에 몸부림의 흔적 같은 건 없었다. 소파에 등을 기대어 있다 옆으로 푹 쓰러진 사람처럼 다리는 앞을 향해 뻗어있고 몸은 옆으로 누워 있었다. 그리고 왼손 근처에는 리모컨이 뒹굴고 있었다. 그나마 날이 습하지 않고 직사광선이 뻗치는 곳이 아니어서 다행인지 몰랐다.

엄마에게 잠이 바로 왔을까. 아니면 어두운 천장을 올려다보다 잠에 들었을까. 알 수 없다. 마지막에 무엇을 봤을까? 베란다 창밖으로는 감나무와 교회 첨탑이 보이고 바로 앞 동 3층에는 아무도 살고 있지 않으니 불이 켜져 있지 않았을 것이다. 엄마는 어둠 속에서 무슨 생각을 하며 잠에 들었을까? 엄마가 죽은 금요일 밤에는 비가 내린 걸로 알고 있다. 창틈에 물때가 낀 걸로 봐서 실제로 비가 왔던 것 같다. 텃밭에 비가 내린다고 좋아했을 텐데 엄마가 그 빗소리를 들었을까. 창을 열어 손을 내 밀고는 그 촉촉한 빗방울을 느꼈을까? 봄비를 좋아했던 엄마였다.

나도 엄마처럼 옆으로 드러누워 천장을 올려 본다. 차라리 잠이라도 왔으면, 하고 자세를 잡아 보지만 혼자 드는 잠은 언제나 고독하다. 이제는 어둠으로 들어차는 거실을 바라본다. 희미한 음영 속에 냉장고와 식탁 그리고 얼마 전에 누나가 사다 놓은 오븐과 손잡이가 떨어져 나간 싱크대가 보인다. 일흔아홉의 여자는 컴컴한 어둠 속에서 무엇을 보았을까. 어쩌면 거실 너머 다른 것을 보고 있었는지도 모른다. 회오리바람에 멀리 날아간 어느 소녀처럼 엄마도 신기한 세상을 꿈꿔봤을까?

엄마 핸드폰의 마지막 기록은 저녁 7시 24분, 실제로 상대방과 통화는 이루어지지 않았다. 같은 시간 내 핸드폰 부재중 명단에도 '박여사'라고 적힌 이름이 들어 있다. 그때 나는 여자친구와 통화 중이어서 엄마의 전화를 받지 못했다. 그 뒤로도 바쁜 일이 생겨 엄마에게 전화하지 못했다. 그날 뭐가 궁금해 아들에게 전화를 걸었던 걸까. 참개구리는 어디서 사느냐고 묻고 싶었는지 모르겠다. 다시금 그날이 떠오른다.

왜? 앵두가 싫어?

아니 싫어서가 아니라... 암튼 엄마 이런 거 따지 마. 사람들한테 욕먹어.

알았어. 안 딸게. 엄마는 대답을 하고는 잘 익은 앵두 몇 개를 골라 내게 건넸다. 엄마에게 받아 든 앵두를 살짝 깨물자 시큼한 물이 혀 안쪽으로 스며들었다. 눈살이 찌푸려졌다. 엄마는 웃고 있다.

먹을 만해?

아 몰라. 엄청 셔.

엄마의 자글자글한 주름이 웃고 있다. 엄마가 다시 앞서 걷기 시작하고 나는 녹음한 개구리 울음을 플레이 시키고는 걸었다. 그러다 한참을 걸어가던 엄마가 돌아서서 물었다.

또 뭐라고 한다고?

무슨 말이야 다짜고짜 뭐냐니.

외국에서는 뭐라고 한다매. 개구리 울음소리.

아유, 엄마가 그거 알아서 뭐하게.

집으로 가는 길에 엄마는 그랬다. 소파에 기대 우두커니 있으면 졸음이 쏟아지는데 막상 누우면 잠이 달아난다고. 잠이 안 오면 뭐 하느냐고 물었더니 엄마는 천장을 본다고 했다. 시끄러워서 TV는 켜놓기만 하고 볼륨을 제로로 해 놓을 때가 있다고. 나도 가끔 그럴 때가 있다고 하니까 다 그렇지 뭐, 하면서 엄마가 또 엷게 웃었다.

노을마저 물러가고 바닥에 누운 내 얼굴 위로 어둠이 이불처럼 덮여 온다. 희미하게 스러져 가는 노을을 느끼며 두 팔을 들어 내 몸을 감싼다. 부풀어 오른 입술이 반쯤 벌어진다. 골목 어귀에서는 개 짖는 소리가 들린다. 감은 눈을 한 번 더 감고 엄마에게 답을 한다. 프랑스 말로는 '코아코아'라고.

푼타아레나스행 택배

푼타아레나스행 택배

 잠에서 깨고 얼마 지나지 않아 어딘가에 갇혀 있다는 걸 깨달았다. 놀란 마음으로 주변을 더듬자 솜으로 된 쿠션과 딱딱한 뼈대가 느껴졌다. 뭘까, 내가 왜 이상한 뒤주 같은 곳에 갇혀있는 걸까? 뼈대를 좀 더 더듬자 내가 갇혀 있는 공간이 직사각형의 구조로 이뤄졌다는 걸 알 수 있었다. 크기를 가늠하려 발을 뻗었더니 무릎을 살짝 폈을 뿐인데도 끝에 닿았고 얼마 있지 않아 묵은 솜에서 나는 퀴퀴한 냄새가 풍겨왔다. 옆으로 누운 성인 남자의 어깨 보다 조금 높은 키의 등받이, 쭉 뻗은 자세에 못 미치는 너비와 인조 가죽 그리고 쿠션 등을 감안할 때 내가 어쩌면 소파 안에 갇혀있는지 모르겠다는 생각이 들었다. 아니면 아직 꿈인 걸까……

새벽녘 소파에 앉았던 기억이 난다. 밤샘 택배 분류 작업을 마치고 같은 조 선배와 소주를 나눠 마신 다음 돌아오는 길이었다. 아파트 단지에 들어서 취기를 낮추려고 담배를 꺼내 물고 분리수거실 주변을 서성이던 중이었다. 그때 한 소파가 눈에 들어왔다. 그 소파는 우리 집 작은 방 그러니까 내 방에 놓여 있던 소파였다. 어두침침하긴 했지만 소파의 겉모습이 낡은 여행용 가방을 닮았기에 금방 알아볼 수 있었다. 소파의 등받이 부분은 짙은 밤색으로 평범했지만 깔고 앉는 부분은 2차대전 때 사용했을 법한 구제 스타일의 트렁크를 닮아 있었다. 약간 밝은 밤색의 사각형 트렁크, 모양뿐 아니라 실제로 구제 트렁크로 보이도록 그림까지 그려져 있는데다 클립과 단추 같은 소품이 달려있어 언뜻 보면 진짜로 커다란 여행용 가방을 소파로 만들어 놓은 게 아닌가 하는 착각이 들 정도였다. 손잡이 양옆의 금속 클립을 동시에 누르면 딸깍 소리를 내며 천천히 주둥이가 열리는 그런 트렁크. 그런데 내 방에 있던 소파가 어째서 밖에 나와 있는 건지 알 수 없었다. 피곤에 찌든 몸을 겨우 씻고 소파에 누웠을 뿐이었다. 그게 소파에 대한 어젯밤의 마지막 기억이다. 설마 엄마가 버린 걸까?

　엄마는 좁은 방에 소파까지 들이는 건 무리라고 했다. 접었다 펼 수 있는 간이침대를 놓든가 그것도 아니면 맨바닥에 이불을 깔고 자라는 식으로 잔소리를 해댔으니까. 매형한테 눈치가 보여 그랬는지 모른다. 엄마는 대한민국 사람은 무슨 수를 써서든 아파트를 손에 넣어야 한다며 있는 대로 대출을 받아 전세까지 낀 아파트를 장만했다. 처음에는 몇 천 올라 좋았지만 문제는 그 다음부터였다. 일단 오르면 좋은 거고 어차피 끼고만 있어도 망할 일이 없다, 라는 생각은 순진했던 모양이다. 내가 가게를 얻기 위해 제2금융권에 담보로까지 잡힌 아파트에, 턱까지 찬 전세금을 지불하고 새로 들어오려는 사람을 찾기란 쉽지 않았다. 엄마가 이미 깡통이 된 아파트를 팔지 않겠다며 버티는 와중에 누나한테서 연락이 왔다. 언젠가 이 동네가 다시 뜰 거라는 확신을 했는지 자기들이 살고 있던 소형 아파트를 팔아 전세자금을 마련하겠다고. 대신 집값이 오르면 그건 자기들이 갖겠다고. 그런 다음 가족을 끌고 집으로 들어왔다. 누나와 매형 조카 세윤이를 데리고. 집은 매형과 엄마의 공동명의로 바뀌었고 세 달 뒤 나 역시 벅찬 오피스텔 월세를 정리하고 들어오게 됐다. 낡은 트렁크 소파와 함께.

트렁크 소파는 작년까지만 해도 서울의 핫플레이스 중 하나라는 어느 골목의 골목 거기서 또 골목의 끝 츄로스 & 도넛 가게에 자리하고 있었다. 매일같이 사람들의 엉덩이 세례를 받겠노라고 다짐을 하면서. 하지만 그런 일은 일어나지 않았다. 일단 맛있기만 하면 요즘 사람들은 가게 위치 따윈 개의치 않을 거라는 내 믿음은 망상에 가까운 것이었다. 가게는 여섯 달을 버티지 못했고 수천만 원의 시설비만 날린 채 가게는 또 다른 희망이에게로 넘겨졌다. 시설을 몽땅 버리다시피하고 나올 때 챙긴 유이한 물건 중 하나가 소파였다. 가게 테라스에 놓여 있던 안락의자는 매형 어머니가 쓰신다 하여 보내드리고 소파는 침대 대용으로 쓰려고 작은방에 들여놨다. 소파를 구석에 밀어 놓고는 엄마와 가족들에게 약속했다. 원룸 보증금 마련

할 세 달 동안만 얹혀살겠다고.

약속한 기일이 지났기 때문에 소파를 버린 걸까? 매형 눈치가 보여 그러는지 엄마는 최근 들어 부쩍 잔소리가 늘었다. 서른도 훌쩍 넘었는데 앞으로 뭐가 될 거냐고 뭐가 될 생각이 있기는 있느냐고 공연히 잘 다니던 회사 그만두고 왜 달동네 하꼬방 같은 데서 과자나 굽는 일을 시작했느냐고. 거지 같은 소파 하나 남기자고 돈 칠천 털어먹었냐면서. 황홀한 갭투자의 성공은 물 건너 간데다 명의마저 넘어갈지 모른다는 불안감 탓인지 엄마의 혀는 거칠어졌고 바짝 말라버렸다. 하지만 그렇다고 해도 엄마가 내가 아끼는 소파를 버릴 거란 생각까지는 하지 못했었다. 엄마도 처음에는 소파를 좋아했었으니까.

뭐가 어떻게 된 건지, 내게 무슨 일이 일어난 건지 몰라 혼란스러우면서도 눈꺼풀이 무거웠다. 잔업을 포함해 열두 시간 동안 택배 분류를 하고 나면 누구나 그렇게 될 것이다. 모든 것의 기준이 잠과 식욕에 맞춰지게 된다. 뜨거운 사발면도 1분 안에 먹을 수 있게 되고 사람들이 오줌 묻은 슬리퍼를 질질 끌고 다니는 작업장 한편의 종이 박스 위에서도 꿀잠을 잘 수 있게 되는 것이다. 나는 우선 피곤에 찌든 눈을 감았다. 적당한 어둠과 좁은 공간이 주는 푸근함이 밀려왔다. 당황했던 처음과 달리 소파 안이 편안하게 느껴졌다. 나는 오른 편으로 돌아누우며 생각했다. 어쩌면 이 안이 훨씬 더 안전한 곳인지도 모르겠다고.

소파 밖에는 사람들과의 약속이 기다리고 있다. 출근, 대출 상환일 같은, 반면 소파 안은 아무것도 아닌 것들로 채워져 있다. 아무짝에도 쓸모없는 수염고래의 종류라든지 인천공항 리무진 버스의 운행시간 그리고 유튜브에서 본 다큐멘터리의 시답잖은 장면 같은 것들로. 대출금을 깎아주거나 할부금을 유예 시켜주지 않는 것들인데 저마다 소파에 한자리씩 차지하고 있다. 어째서 소파 안이 이따위 것들로 채워져 있을 뿐인가 당황스러웠지만 놀랍지는 않았다. 평소 그런 멍청한 상상들을 수정구슬인 양 끌어안고 잠이 올 때까지 반질반질 문질러대고는 했으니까.

    실제로 소파에도 반질반질 윤이 나는 곳이 있는데 왼쪽 팔걸이 부분이다. 소파에 누우면 발가락이 팔걸이에 닿았는데 잠들기 전까지 발목을 까딱거리며 그 부위를 쓰다듬고는 했다. 그래서 왼쪽 팔걸이 부위만 매끄럽게 윤이 났고 조카 세윤이가 그쪽에 머리를 대고 누우면 엄마는 세윤이를 들어 반대편 쪽에 눕히고는 했다. 그러고는 이놈에 소파 좀 버리든가 하지, 지나가는 듯 잔소리를 흘렸다.

    엄마의 잔소리가 심해질 것 같으면 밖으로 나와 단지 안을 서성였다. 그렇게 기다리다 보면 얼마 안 있어 거실 불이 꺼지고 안방에 있는 등에 불이 들어왔다. 그럼 엘리베이터를 타고 들어가 다시 소파 위에 조용히 누웠다. 안방에서 새어 나오는 텔레비전 소리를 들으며 생각했다. 소파 위에서 자는 건 생각보다는 편안하다고. 진짜 트렁크 가방처럼 뚜껑이 열리게 만들었으면 더 좋았을지도 모르겠다고.

    소파와 내가 어떤 식으로든 연결돼 있는 건지 시간이 지나자 소파가 느끼는 감각을 나도 조금씩 공유할 수 있게 됐다. 우선 소파에 전해지는 온도를 느낄 수 있었다. 싸구려 가죽을 데우고도 남아 이렇게 내 등까지 뜨거운 걸 보면 시간은 오후 한 시에서 두시 사이인 듯했다. 햇볕이 내리쬐는 각도를 가늠해 봐서도 그랬다. 그렇다면 실컷 잔 것인데, 여전히 잠이 궁하다. 한 시간만 더 자게 해준다면 1리터의 피와 바꾸자 해도 그럴 수 있을 만큼 여전히 눈꺼풀이 무거웠다. 컨베이어 벨트 위를 수천 번 오고간 어깨도 콕콕 쑤셔댔다. 아무리 생각해 봐도 엊저녁의 잔업은 너무했다. 알바들이 담당하는 시간대에는 유독 물량이 늘어나는 경우가 많았다. 어제는 그에 더해 컨베이어 벨트의 속도마저 빨라졌다는 느낌이 들었는데 다음 조와 교대할 때 보니 우리가 분류한 택배가 3천 개를 넘어서고 있었다.

　너무 피곤할 때 나오는 반응은 둘 중 하나. 기절하듯 쓰러지든지 오히려 잠에 들지 못하고 희부연한 허공을 매가리 없이 떠돌던지. 새벽에 업무를 마치고 라커룸에서 옷을 갈아입을 때도 그랬다. 눈앞의 사물이 흐릿하게 번지는 가운데 입에서는 단내가 났고 마음은 정처 없이 어딘가를 헤맸다. 그럴 때면 어딘가에 있을지 모를 리모컨을 미친 듯이 떠올렸다. 어떤 순간이든 일시정지 시킬 수 있는 마술 같은 리모컨을. 눈앞의 택배상자를 없앨 수는 없더라도 잠깐만이라도 이 세상을 멈출 수 있다면 얼마나 좋을까 하는 상상을 하면서. 정말 그런 리모컨이 있다면 범고래 뱃속에라도 찾으러 갈 수 있을 것만 같았다. 때로 주변 동료들에게 피해가 갈까 두려워 방광이 터질 때까지 소변을 참다 오줌을 누면 노란 줄기 끝에 피가 섞여 나왔는데 그럴 때면 세정 버튼을 세 번 네 번 연속으로 누르며 흘려보내곤 했다. 그런 다음 목구멍을 따끔따끔하게 하는 가래를 그러모아 뱉으며 생각했다. 초당 14센티미터씩 움직이는 컨베이어 벨트가 멈춘다면 정말로 세상도 멈춰지는 것일까.

실제로 딱 한 번 멈췄던 적이 있다. 나는 그때 던지지 말 것! 고가의 스탠드가 들어 있습니다,라고 쓰여 있는 상자를 옮기는 중이었고 선배는 이어폰을 낀 채 작은 상자를 차곡차곡 쌓고 있었다. 선배의 셔츠 주머니에 들어 있던 라이터는 금방이라도 숙 빠질 만큼 주머니 안을 들락거리고 있었는데 그러다 선배가 커다란 상자를 앞에 두고 허리를 숙였을 때 컨베이어 벨트 아래로 라이터가 떨어졌다. 플라스틱 조각이 거대한 압력에 눌려 바스러지는 소리, 베어링 어느 부분이 뻑뻑하게 끌리는 소리가 들렸고 컨베이어 벨트는 천천히 속도를 늦추다 곧 멈춰섰다. 당황한 선배는 이어폰을 집어던지고는 어떻게, 어떻게! 소리만 반복했다. 나는 놀라고 멍한 표정을 지어 보였지만 실은 라이터가 떨어질 거라는 사실을 이미 알고 있었다.

아이씨, 이거 어뜩하냐.

작업 팀장이 달려오는 사이 사람들은 일단 스위치부터 끄라고 운전 팀에 대고 소리를 질렀다. 난 당황하는 척 선배를 바라보다 벽 쪽으로 걸어가 멈춘 세상을 조용히 바라봤다. 바닥에 어지럽게 떨어진 박스들, 소리를 지르는 팀장의 일그러진 얼굴 그 모습을 보다 커다란 창이 난 곳으로 시선을 돌렸다. 밖은 이미 캄캄한 어둠에 싸여있고 빗방울이 떨어지고 있었다. 빗방울 떨어지는 소리가 궁금했지만 두꺼운 유리 탓에 아무런 소리도 들리지 않았다. 바람이 불고 있는지 사선으로 내리치는 빗물이 긴 꼬리를 물며 유리를 타고 흐를 뿐이었다. 아주 오랫동안 쌓여왔을 먼지도 함께 씻겨 나갔고 그로 인해 밤은 점점 선명해졌다.

재가동되려면 30분 이상 걸리겠다는 운전 팀 사람들의 얘기가 들렸다. 쌍욕을 듣고 있는 선배의 얼굴을 힐끗 보고는 뒷주머니에 넣어둔 에너지 바를 꺼내 조용히 비닐포장을 뜯었다. 포장지를 주머니에 구겨 넣은 다음 사람들이 정신없어 하는 사이 한 입 깨물었다. 다섯 가지 곡물을 초콜릿으로 감싼 과자는 달콤했다. 불룩해진 뺨을 손으로 밀어 넣으며 침 범벅이 된 내용물을 목구멍 깊숙이 넘겼다. 에너지 바를 씹는 동안 컨베이어 벨트는 멈춰 있었고 창을 때리는 빗소리는 커져갔다. 그렇게 세상은 잠시 멈춰있었다.

집에서도 비슷한 경험을 한 적이 있다. 아무도 없는 조용한 가운데 소파에 누워 잠을 기다리고 있으면 한없는 고요함이 비틀어진 척추 위에 내려앉았다. 그럴 때는 시간이 멈춘 기분이 들었다. 잠에서 깨고 보면 시간은 여지없이 흘러 있지만 적어도 그 순간만큼은 멈춰져 있는 기분이었다. 지난 토요일 특근을 마치고 돌아왔을 때 다른 가족들은 집 근처 새로 오픈한 고기 뷔페집에 가고 없었다. 사거리 어디 가게로 나오라는 문자를 무시하고 바나나를 입에 물고 망한 츄로스 가게에서 자주 들었던 보사노바 CD를 플레이시켰다. 2시간이 넘는 동안 해의 기울기는 변해갔지만 그 외 모든 건 일시 정지된 상태였다. 다만 언제나처럼 잠의 끝에서 마주하는 현실은 날카로운 손톱으로 내 어깨를 짚었다. 어느새 해가 저물었는지 엄마가 어깨를 흔들어 깨우며 말했다.

   얘, 저녁 먹어. 세수도 하고. 얼른.

   푹! 묵직하게 소파가 눌리면서 덩달아 내 허리에도 불편함이 전해졌다. 시간이 지날수록 소파가 받는 느낌이 조금씩 더 선명히 전달됐고 살짝 찢어진 틈새를 통해 약간의 시야도 확보할 수 있었다. 누가 앉은 걸까, 경비 아저씨일까? 분리배출을 하러 나온 사람일지도 몰랐다. 벌어진 틈새가 충분치 않아 우선 들려오는 목소리에 신경을 곤두세웠다.
   여보세요? 응, 아니. 아직 안 버렸는데. 왜? 도로 가져가?
   쉰은 넘어 보이는 탁한 목소리의 남자는 평소에 담배를 많이 피우는지 목소리 끝에 가래가 끓었다. 아내와 통화하는 모양이었다. 뭔가를 도로 갖고 오라는 말 같았다. 남자는 스탠드만 도로 가져가겠노라고 대답을 한 뒤 소파에서 앉았다 일어나기를 반복했다. 그럭저럭 괜찮게 보였는지 쿠션 상태가 궁금했던 모양이었다. 나는 날 깔고 뭉개고 있는 그에게 점잖게 말하고 싶었다. 여보세요, 이 소파에는 사람이 들어 있어요. 이래 보여도 많은 잡동사니가 들어있어요. 보통 소파가 아니라고요,라고. 하지만 소파가 내 목소리까지 전달하지는 못했고 바람 빠진 쿠션 소음만이 찢어진 틈으로 새어나갔다. 남자는 기대했던 것보다 별로라 생각했는지 허리를 소파 등받이에 세게 밀며 육중한 몸을 일으켰다. 그러고는 슬리퍼를 신은 발로 소파 밑동을 걷어찼다.

거죽만 그렇지 완전 쓰레기네.

찢어진 틈새로 남자를 올려보자 눈이 부셨다. 한쪽에 옅은 먹구름이 낀 것 같았지만 늦여름의 해가 여전히 이글거리고 있었다. 남자는 내 찡그린 시선을 느끼지 못하는지 가져온 종이박스를 평평하게 펴기 위해 손톱으로 테이프를 뜯었다. 그러나 퉁퉁한 남자의 손은 서툴렀고 한 번에 뜯질 못해 쓸데없이 동작만 컸다. 그걸 보고 있자니 알바를 시작한 지 얼마 되지 않았던 날이 생각났다. 일 시작하고 맞이한 첫 주말 천육백 개의 택배를 정신없이 분류하고 나자 돈이고 뭐고 살고 봐야겠다는 생각이 머릿속을 맴돌았다. 그때 내 마음은 태평양의 드넓은 바다 위를 달려 칠레의 땅 끝 마을로 도망치고 있었다. 어째서 하고많은 나라 중에 칠레를 떠올렸을까?

언젠가 푼타아레나스행 해외 택배가 국내 배송 팀으로 잘못 온 적이 있었다. 영문으로 갈겨쓴 주소도 낯설었고 무엇보다 긴 이름의 도시를 읽어내기 어려워 난감해하고 있는데 팀장이 곁으로 다가와 어깨를 툭 쳤다.

또 오류 났네. 아니 이거 바코드 리더기에 문제 있나, 그러나 저러나 자네 이거 못 읽어? 여기 푼타아레나스라고 쓰여 있잖아. 몰라? 칠레 항구도시 푼타아레나스. 아 대학원까지 나온 사람이 그것도 몰라?

아 그래요……. 저는 처음 들어봐서.

그려? 나처럼 삼십 년 넘게 우편, 택배, 탁송 이런 업계에만 있어봐. 상투메 프린시페 기니비사우 거 뭐냐 산토도밍고. 세상천지 모르는 데가 없어.

왠지 창피하기도 했고 발음에서 느껴지는 신비한 운율 그리고 이런 곳에도 택배가 가는구나, 싶은 마음에 푼타아레나스에 대한 정보를 찾아봤다. 인터넷에 올라온 정보는 별다를 게 없었다. 도시의 인구와 규모 그리고 기후 정도, 그저 그런 도시란 생각을 하던 중에 '푼타아레나스의 사람들' 이란 오래된 다큐멘터리가 눈에 띄었다. 특별한 게 있나 싶어 플레이 시키자 한 남자가 나왔다. 남자는 허름한 목조 주택 거실에 놓인 낡은 소파에 앉아 있었다. 철제 커피잔을 들고 있었는데 김이 올라오는 동안 고개를 숙여 더운 기운이 뺨에 닿게 했다. 시간이 좀 지나자 뺨에 있는 흉터에 촉촉이 물기가 맺혔고 남자는 손바닥으로 얼굴을 문지르고 나서 한 모금 마셨다. 커피를 마신 다음에는 자신을 뱃사람이라고 소개했다. 그러고는 자기가 있는 이곳은 태평양과 대서양, 남극해가 만나는 원양어업 기지의 최전선 푼타아레나스라고 말했다. 남자의 굵은 목주름과 뺨의 흉터가 클로즈업되는 동안 성우가 말을 이었다. 푼타아레나스는 칠레 남단 마젤란 해협에 접해 있는 도시로 푸에고 섬의 우수아이아를 제외하면 세계 최남단의 도시로서 지명은 '모래밭의 곶'이라는 뜻을 갖고 있다고. 파나마 운하가 개통하기 전까지는 태평양과 대서양, 남극해 간의 연락 항으로 큰 역할을 했는데 90년대 이후로는 쇠락하고 있다고. 그때 난 내레이션을 들으면서도 남자가 앉아 있는 낡은 소파에서 눈을 뗄 수 없었다. 왠지 이 소파가 어디에 있는지, 그곳이 어디인지 꼭 기억해야 할 것만 같았다.

 소파에 편히 기댄 남자의 표정 때문이었는지 모르겠다. 그의 눈은 파도처럼 출렁이는 듯 보이면서도 깊은 곳에 닻을 내린 느낌을 주었다. 자외선을 많이 받은 탓인지 탁해 보이는 눈동자는 오랫동안 창밖을 응시했고 조금 있자 주방에 있던 래브라도 한 마리가 곁으로 다가와 바닥에 앉았다. 개는 킁킁대며 고개를 주억거렸고 남자가 부드럽게 쓰다듬어주자 말갛고 빨간 혓바닥을 내밀고는 침을 흘렸다. 한참을 침묵하던 남자가 말을 이었다.

이곳에 남기로 결심을 했죠.

대다수 선원들은 칠레 여자와 짧은 연애를 한 후 몇 푼 쥐어주고 떠나는 게 다반사였지만 자신은 남기로 했다고. 더러 임신한 여자까지 버리는 경우가 있을 만큼 선원들은 이곳에 머물기를 원치 않았노라고 말했다. 그와 달리 자신은 푼타아레나스에 머물 결심을 했을 뿐이라고. PD가 왜냐고 묻자 담배를 꺼내 든 남자가 불을 붙이며 말을 이었다. 거실에 앉아 창밖을 보면 남태평양과 대서양 그리고 남극해의 물결이 한 데 모여 흔들리는 것을 볼 수 있다고, 바다는 날마다 새롭고 여기에는 자기를 아는 사람이 아무도 없노라고 말하며 순한 미소를 지었다. 화면은 남자의 얼굴을 비추다 이내 창밖 풍경을 보여줬는데 남자가 사는 곳에서 항구가 멀지 않은지 여기저기에 어선이 정박해 있는 풍경과 하역을 위해 모여든 사람들이 곁불을 쬐고 있는 모습을 담아냈다. 그렇게 앵글은 쇠락한 항구의 구석구석을 훑다 갑자기 거대한 크레인 위로 장면이 전환됐다. 녹이 슨 크레인 위엔 재갈매기가 앉아 있었다. 바다를 응시하던 재갈매기는 몇 걸음 앞으로 나오더니 머리를 까닥거리며 카메라를 응시하는 표정을 지었다. 아무것도 모르고 있을 게 분명했지만 어째선지 뺨에 큰 흉터를 가진 남자를 보며 멋진 소파를 타고 이곳에 왔구나,라고 말을 하는 듯했다.

남자는 푹신한 소파에 등을 파묻고 편안한 얼굴로 눈을 깜빡였다. 그 뒤로도 거실을 거닐며 이런저런 얘길 덧붙였다. 푼타아레나스에 닿기 전엔 수마트라의 어느 항구에 오랫동안 머문 적도 있었고 베링 해의 거친 파도를 건너본 적도 있다는 얘기들. 남극해 주변을 항해할 때엔 흰수염고래를 만난 적도 있다는 그런 따위의 얘기들 말이다. 허풍 섞인 얘기와 그의 꼬부라진 콧수염이 재밌기도 했지만 그보다는 그가 앉은 소파에 시선이 머물렀다.

그다음 내용은 기억이 흐릿하다. 무책임한 선원들을 나무라는 말도 있었던 것 같고 산업의 최전선 기지에서 고생하는 역군들을 응원하는 내용도 있었던 것 같다. 그러나 내게는 남자의 뺨과 소파가 기억에 남을 뿐이었다. 남자는 말없이 창밖을 바라보다 살짝 웃고는 인터뷰를 마무리 지었다. 그의 옆모습이 엔딩 장면으로 잡혔다. 꽤 아팠을 법한 상처는, 시간이 멈춘 소파 위에 누울 수 있다면 그런 것쯤은 괜찮다는 듯 어쩐지 첫 장면과는 달리 많이 아문 듯 보였다.

분리수거를 모두 마친 남자는 뭔가 아쉬웠는지 떠나기 전 다시 한 번 소파에 털썩 앉았다 일어섰다. 그 바람에 소파가 출렁였고 출렁임은 파도를 닮아 있었다. 이대로 대양의 끝 푼타아레나스로 갈 수 있다면 얼마나 좋을까, 낡은 소파에 앉아 바다를 보고 싶은 마음이 부풀어 올랐다.

　제법 오래 갇혀 있었던 탓에 허리가 결렸지만 밖으로 나가고 싶은 생각은 들지 않았다. 적어도 새벽 1시 특근 교대 전까지는 쉬고 싶었다. 다시 잠들기 위해 공벌레처럼 몸을 말고 두 손으로 얼굴을 부여잡았다. 얼마간의 시간이 흐르고 선잠이 들었을 때 작고 여린 손길이 느껴졌다. 간지럽고 그러면서도 자극적인 뭔가가 종아리 부근에 들러붙는 것 같았다. 이번엔 또 뭘까.

　지은아 이거 봐, 잘 됐지?

　응, 완전 똑같은데.

　초등학교 1학년쯤 됐을까 싶은 여자아이들의 목소리였다. 찢긴 틈으로 하얀색 타이즈에 분홍 원피스를 입은 아이와 태권도 도복을 입은 여자애가 서 있는 게 비스듬히 보였다. 그중 분홍 원피스를 입은 여자애가 소파를 손바닥으로 문지르며 말했다. 이 스티커 어때? 여자애 중 한 명이 캐릭터 스티커를 소파 한 쪽에 대고 손톱으로 문질렀다. 분홍 원피스의 여자애가 더 자세히 보려고 상체를 수그리자 아이의 목에 걸려있는 펜던트가 소파에 닿았다. 난 아이들의 장난을 지켜보며 세윤이를 떠올렸다. 여섯 살 세윤이도 한때는 자주 그랬다. 특히 사람 몸에 대고 스티커 붙이기를 좋아했는데 그중에서도 가장 좋아한 건 삼촌의 몸이었다. 알이 통통하게 오른 종아리에 대고 그러길 좋아해서 자고 일어나면 도라에몽에 나오는 도라미나 타요에 나오는 캐릭터가 내 몸에 새겨져 있곤 했다. 잠에서 깬 내가 스티커를 지우려 들면 세윤이는 지우지 말라며 목에 매달리고는 했다. 그러면 스티커를 지우지도 못하고 출근을 했는데 다음 날 퇴근을 하면 기다렸다는 듯 달려와 스티커가 그대로 있는지 확인했고 많이 지워져 있으면 내가 소파에 누워 있는 틈에 또 다른 스티커를 새겨 놓고는 했다. 평소 놀아주지 못해 미안했던 탓에 꼼짝 않고 기다려 주었다. 캐릭터가 부서지지 않고 온전히 새겨질 때까지… 그러면 세윤이는 눈을 감고 있는 내게 다가와 자기 손을 흔들어 대며 키득거렸다.

세윤이가 붙여 준 스티커 중에 마음에 든 건 고래였다. 인어공주에서 나왔는지 어느 애니메이션에서 나온 건지는 몰라도 커다란 고래가 수면 위로 반쯤 몸을 드러내고 물을 뿜고 있는 모습이었다. 바지를 걷어 올리고 일을 하다 보면 스티커의 고래와 눈이 마주칠 때가 있는데 가만히 보고 있으면 흰수염고래가 생각났고 흰수염고래를 떠올리면 푼타아레나스가 궁금해졌다. 낡은 소파가 있는, 시간이 멈춰 있는 그곳이.

은지야 근데 여기다 붙여도 될까?

될 걸? 이거 버린 거잖아.

원피스를 입은 여자애는 하나 더 붙이겠다며 가방에 손을 넣고 안을 뒤적거렸다. 성가셨지만 세윤이를 생각해 조금만 더 참아보기로 했다. 사실 한동안 스티커 놀이를 즐겼던 세윤이는 얼마 전부터 심드렁한 반응을 보였다. 어쩌다 붙이더라도 냉장고에 한두 개 붙이는 정도였다. 일부러 자는 척을 해도 더 이상 내게 다가오지 않았고 가끔 곁에 오더라도 스티커를 꺼내는 대신 삼촌은 집이 어디야? 라고 물으며 발그레한 자신의 뺨을 어루만질 뿐이었다. 삼촌 나가면 세윤이 방으로 꾸며

주겠다는 엄마 말 때문인지 몰랐다.

어떡해. 비 온다.

도복을 입은 여자애가 가방을 집어 들고 놀이터 쪽으로 뛰어가며 말했다. 그러자 스티커를 반밖에 붙이지 못한 여자애가 허둥대다 자리에서 일어섰다. 아이들이 뛰어가는 사이 빗방울이 낡은 소파 위로 떨어졌다. 둔탁하게 떨어지는 빗방울은 뿌옇게 앉은 먼지를 털어내며 제법 리듬이 느껴지는 멜로디를 만들어냈다. 노를 젓는 어부가 앞발을 까딱이는 것처럼 정겨웠다.

툭, 투투툭, 툭 툭.

늦여름의 소나기답지 않게 그칠 듯하면서도 한동안 더 내렸는데 찢어진 틈새를 타고 소파 안으로도 빗물이 흘렀다. 약간의 오한이 느껴져 젖은 몸을 부둥켜안았다. 비가 반갑지 않은 건 고양이도 마찬가지인지 소파 팔걸이 밑에 길고양이 한 마리가 다가와 웅크리고 앉았다. 녀석은 물이 튀긴 수염을 발바닥으로 몇 번 털어내다 갑자기 고개를 휙 돌렸다. 고양이가 돌아 본 쪽에서 요란한 발소리가 들려왔다. 찢긴 틈 사이로 제복 바지가 보이는 걸로 봐서 경비 아저씨인 듯했다. 그는 종이 박스가 담긴 커다란 마대자루를 얼른 처마가 있는 곳으로 끌었다. 그러고는 어지럽게 널린 유모차와 장난감 트럭을 한 데 모은 다음 내 앞으로 왔다. 빗방울이 모자를 타고 내려 그의 얼굴을 적셨다. 피곤한 듯 보였다. 새벽에도 본 것 같은데 그 역시 2교대인가?

아이 씨, 누구야. 어떤 인간이 또 딱지도 안 붙이고 이렇게 내놨어. 잡히기만 해봐라 그냥. CCTV 확인해야겠구만.

그때서야 정확히 알 수 있었다. 소파가 버려진 게 분명하다는 사실을. 경비 아저씨는 씩씩거리며 관리사무실이 있는 곳으로 뛰어갔다.

엄마가 버린 걸까? 언젠가 엄마도 소파가 예쁘다는 말을 한 적이 있다. 가게를 오픈하던 날 내가 만들어준 츄로스를 들고 그 위에 앉아 차를 마셨다. 위가 좋지 못한 엄마는 커피 대신 마테차를 달라 했고 내가 끓여준 차를 받아들고는 소파에 앉았다. 그러고는 물었다.

푹신하고 좋다. 어디서 샀어?

이태원 앤티크 거리서 여섯 시간 발품 팔아서 구했지. 그 주인이 그러는데 3년 동안 안 팔리던 걸 내가 산 거래 하하하.

아유, 뭘 그런 얘기를 한 대. 재수 없게. 어쨌든 진짜 특이하다. 이 소파.

쏟아지는 비를 맞으며 곰곰이 어제 일을 떠올렸다. 어제 오후 출근하기 전까지만 해도 소파는 원래 있던 자리에 있었다. 매형은 퇴근 전이었고 엄마와 누나는 세윤이 때문에 피자를 시켜 먹고 있었다. 한 조각 먹어보라는 누나에게 조금만 더 자고 싶다고 말했던 기억이 난다. 그런 뒤에 누나가 식탁 어쩌고 하는 말을 잠결에 들었던 것도 같은데 별일 아닌 것 같아 흘려들었다. 어쩌면 소파를 버려도 괜찮냐고 물었던 것일까?

비가 그치고 얼마 후면 해가 질 것이고 다시 출근을 해야 할 것이다. 생각보다 시간이 얼마 남지 않아 조급한 마음이 들었다. 얼른 소파에서 나가 출근 준비를 해야 할까 아니면 조금 더 자야 할까? 오한에 머리까지 지끈거려 아무 생각도 나지 않았다. 그러다 불현듯 리모컨의 존재가 미칠 듯 간절해졌다. 내가 만일 신이라면 그런 리모컨을 어디에 숨겨놓을까? 아무리 궁리를 해봐도 세 개의 대양이 맞물려 흐르는 곳, 아무것도 아닌 남자가 살고 있는 푼타아레나스밖에는 없을 거라는 확신이 들었다. 햇살은 따스하고 바다는 잔잔하며 커피를 한 모금 마신 남자가 푹신하게 허리를 묻을 수 있는 소파 안에 말이다.

  가로등이 켜지고 뜸했던 사람들의 발자국 소리가 다시 들리기 시작했다. 그중 두 사람의 발자국 소리가 점점 가까워졌다. 엄마와 누나일까? 세윤이가 삼촌 소파 버리지 말라고 성화를 부렸는지도 모르겠다. 얼른 다시 가져오자고. 아니면 빨래를 널기에 낡은 소파보다 더 좋은 게 없다는 걸 깨달은 것일지도. 소리가 나는 쪽으로 신경을 집중했다.
  야, 이거 횡재했네.
  아주 좋아 죽네. 좋아 죽어. 그렇게 좋아?
  아 좋지 그럼. 이런 재미라도 있어야 일해 먹지.
  한 사람 목소리는 조금 전에 다녀간 경비 아저씨였고 다른 한 사람은 맞은 편 3개 동을 담당하고 있는 경비 아저씨인 듯 보였다. 두 사람은 다행히 관리소 구조조정의 여파에서 살아남은 모양이었다.
  아 이럴 줄 알고 폐기물 스티커 하나 구해 놨지 이 사람아. 수소문해서 인터폰으로 연락하니까 그 여자가 그러더라고 자기가 깜빡했다고. 식탁 배달해 준 사람들이 낡은 소파를 대신 버려 주겠다고 해서 그러라고 말만 하고는 깜빡했다는 거야. 그러면서 자기가 돈 갖다 줄 테니까 우선 나보고 붙여주면 안 되냐고 하잖아. 요놈은 지난주 목요일에 누가 붙여 놓은 거 내가 살짝 뜯어 놓은 거고.

아저씨 말에 따르면 그랬다. 어떤 멍청한 사람이 재활용되는 줄도 모르고 엄한 물건에 폐기물 딱지를 사서 붙여놨더라고. 그래서 자기가 살살 떼어 보관하고 있던 중이었다고. 언제고 이런 날이 올 줄 알았다면서 자신의 현명한 행동이 무척이나 마음에 든 모양이었다. 아저씨는 공으로 생긴 몇 천 원이 어지간히 좋았는지 소파 등받이를 쓰다듬었다. 그러고는 빗물에 젖은 부분을 손바닥으로 털어낸 다음 마른 수건으로 한 번 더 닦았다.

가만있자, 요놈을 어디에다 붙이냐.

그는 이리저리 재다 좀 전의 여자애가 붙이다 만 자리, 미완성으로 남은 스티커 자국 위에 폐기물 딱지를 붙였다. 얼마나 꼼꼼히 붙이는지 동그란 딱지 군데군데를 손톱으로 문질러가며 습기에 떨어지지 않도록 조심했다. 그런 다음에도 수건으로 한 번 더 눌러 마무리를 했다. 경비 아저씨가 떠나고 초저녁 땅거미가 소파를 덮어 들었다. 내가 젖은 앞머리를 뒤로 넘기며 몸을 웅크리는 사이 낯익은 목소리가 들렸다. 세윤이였다. 목소리가 밝은 걸 보니 누나와 간단한 장을 보고 간식도 사 먹을 모양인 것 같았다. 나올 때 재활용 상자에 가득 찬 맥주 캔을 들고나왔다면 근처를 지나칠 테고 어쩌면 소파를 발견할지도 모르겠다는 생각이 들었다. 누나는 날 알아볼 수 있을까?

내가 먼저 얼굴을 내밀고 이 소파 정말 버린 거야?라고 물어야 하겠지만 그저 엉뚱한 상상만 들 뿐이었다. 어쩌면 경비 아저씨가 붙여 준 스티커는 폐기물용이 아니라 해외 배송을 뜻하는 특별 우표일지도 모르겠다는… 해외 배송 택배가 우리 쪽으로 넘어올 때면 택배 상자를 유심히 보고는 했는데 언제나 동그란 모양의 도장이 큼지막하게 찍혀 있었다. 물결 모양의 도장이 새겨진 택배를 보면서 생각보다 많은 물건이 바다를 건넌다는 사실을 깨닫고는 했다.

난 이제 그만 일어나야지 하면서도 푼타아레나스로 향하는 바다 위의 소파를 상상했다. 소파는 한참을 떠돌다 태풍을 만날지도 모를 것이다. 넓고 넓은 태평양을 건너 남반구의 끝에 닿자면 말이다. 조금 고되도 상관없을지 모르겠다. 그곳에 닿을 수 있다면, 그곳에서 몸을 뉘일 수만 있다면…….

피곤한 몸을 소파 안쪽에 바싹 붙이며 잠꼬대처럼 말했다. 이 소파는 푼타아레나스행 택배로 분류되었습니다.

강화, 카프리 그리고 섬섬

강화, 카프리 그리고 섬섬

후미진 외곽의 지방 도로를 달리는 중이었다. 갑자기 아스팔트가 주저앉으며 내가 타고 있던 차가 순식간에 밑으로 휩쓸렸다. 온 전신을 뒤덮은 놀람과 공포 속에서 주변을 둘러봤을 때, 차 한 대가 겨우 통과할까 말까 한 크기의 싱크홀 구멍이 아래로 이어져 있었고 그 모습은 마치 다른 세상으로 통하는 가파른 계단의 입구처럼 보였다. 땅이 꺼지는 현상은 멈췄지만 밑에서는 여전히 거대한 힘이 소용돌이치고 있는 것만 같았다. 싱크홀에 갇혔을 때는 몰랐지만 구해준 남자 말로는 물이 졸졸 흐르는 소리가 어렴풋이 들렸던 것 같다고도 했다. 살아났다는 안도감 때문이었을까? 그 무시무시한 상황에서도 남자로부터 물이 흐른다는 말을 들었을 때 어쩌면 그 물줄기는 바다로, 정말 먼바다로 통할지 모르겠단 생각이 들었다.

싱크홀, 그 어두운 구멍 끝에서 흐르고 있을 물결을 상상한다. 그 찰랑거리는 물살에 실려 떠내려가기라도 하듯 묘한 울렁거림과 희미한 현기증이 느껴지고 눈을 감자 넘실대는 물결이 내게로 덮쳐온다. 이 물은 어디에서 시작해 어디로 흐르고 있을까? 강화를 벗어난 바닷물은 나를 더욱더 먼 곳으로 밀어내고 있다. 단조롭고 반듯했던 해안선이 조금씩 부서져 내리고 내 몸은 해류를 타고 먼 곳을 향해 떠내려가고 있다.

쉽게 현실로 돌아오지 못하는 나와 달리 사람들은 놀랜 얼굴로 분주히 움직였다. 그들은 싱크홀 현상이 혹여 주변으로 번질까봐 작은 소리에도 경계하며 두리번거렸다. 사람들은 단단한 땅을 밟고 있는 이 순간만이 진짜 현실이라고 생각하는 듯했다. 나는 외려 그들의 감정과 달리 묘한 느낌을 받았다. 막상 땅 위로 올라오자 방금 전까지 느꼈던 긴장감은 점차 무뎌져갔다. 어쩌면 이런 게 사고 후유증인지도 모를 일이었다.

나는 넋이 나간 채 태권도 학원 아이들이 만들어 놓은 눈사람을 구경하다 자리에서 일어섰다. 이제 막 도착한 인부들은 트럭 짐칸에서 안전 펜스를 내리느라 분주했고 출동한 경찰은 주변이 시끄러워 잘 들리지 않는지 귀를 막은 채 통화를 했다. 나는 정신없는 사람들 눈치를 살피다가 조심스레 싱크홀 쪽으로 걸었다. 흙더미가 쏟아지는 소리는 더 이상 들리지 않았다. 조심스레 발을 옮겨 구멍에서 20센티 정도의 거리를 남겨 두고는 상체를 수그렸다. 발목에서부터 허리까지 곧게 선 자세로 고개를 숙이자 어쩌면 내 몸이 물음표를 흉내 내고 있는 것 같았다. 바닥에 천천히 쭈그려 앉아 어두운 구멍을 응시했다. 밑에서 바람이 올라왔다. 정말 날 구해준 젊은 태권도 사범의 말대로 지하수가 흐르고 있는지 알 수 없었다. 나는 한 손으로 단단히 바닥을 짚고 어두운 구멍에 대고 작게 소리쳤다.

저기요,

희미하게 목소리가 울렸다. 언제 무너져 내릴지 모르는 도로 위에 선 내 맨발이 그 희미한 울림을 느꼈다. 여태껏 한 번도 느끼지 못한 용솟음침이 심장을 두근거리게 했다.

이봐요, 미쳤어요?

경찰이 달려오며 내게 소리쳤고 나는 고개를 들었다가 작업 차량에서 쏴대는 헤드라이트 불빛에 얼른 눈을 가렸다. 경찰한테서 한바탕 잔소리를 듣고 난 뒤 통화가 안 됐던 남편에게 다시 전화를 걸었다. 남편에게 아직은 싱크홀인지 단순 지반 침하 사고인지 알 수는 없지만 어쨌든 사고가 있었다고 말했다. 남편은 햄버거 패티를 떨어뜨렸을 때보다 더 놀란 목소리로 당장 달려오겠다며 거기가 어디냐고 물었다. 나는 그나마 다친 데는 없어서 그럴 것 까진 없다고 얼버무렸다. 남편이 있는 서초에서 강화까지 오기를 기다리는 건 바보 같은 짓이었다. 더군다나 사고 지점을 강화라 말하기는 그랬다. 아침에 집에서 나올 땐 송도 친정집에 다녀올 거라고 했었으니까. 아버지가 편찮으셔서 가는 거니 태오를 도우미 할머니한테 맡기고 다녀오겠다며 나선 길이었다. 친정에 가는 참에 돈 얘기도 해볼까 말을 흘렸을 때 남편은 보고 있던 스포츠 채널 볼륨을 재

빠르게 줄였다.

　정말? 이야, 그래 자기 생각 잘했다. 한번 잘 말씀드려봐. 잘되면 다 좋지. 우리 좋고 장인어른 좋고. 며칠 전부터 효창공원 근처에 급매로 나온 단독주택이 아깝네, 어쩌네, 노래를 부르던 남편이었다. 그 자리에 상가주택을 지으면 대박일 거라며 아침에 나올 땐 장인어른 좋아하는 와인 좀 챙겨가라고 내 손에 들려주기까지 했었다. 남편과의 통화가 끝나고 얼마 안 있어 다시 진동이 울렸다. 보험사였다. 이런 일은 처음이라며 현재로서는 천재지변인지 아니면 지반 침하인지 알 수 없어 정확한 답변을 줄 수 없지만 30분 있으면 담당자가 도착할 테니 기다려 달라고 했다. 나는 합의를 봐야 될 교통사고도 아니고 무작정 기다릴 상황이 못 된다 말하고는 나중에 연락을 달라고 말하며 통화를 마쳤다. 그러고는 상황을 정리하고 있는 경찰관에게 다가가 말했다. 맨발로 탈출하는 바람에 신발이 필요하다고…….

　경찰차는 15분 정도 달려 후미진 삼거리에서 날 내려줬다. 가게로 뛰어 들어가 선반 위에 놓인 캔버스 운동화 중 아무거나 집었다. 생각 없이 들었지만 인디고 블루였다. 검정에 가까운 어두운 파랑. 카드를 건네며 지갑을 포켓에 넣어둔 게 다행이라 생각했다. 신발을 구겨 신고 나와 바로 앞에 보이는 택시 정류장으로 걸었다. 조수석 창문을 내리는 아저씨한테 물었다. 서울까지 가느냐고. 미터에 2만 원을 얹어 달라는 기사에게 고개를 끄덕여 보이고 차에 올랐다. 말이라도 시킬까 봐 앉자마자 눈을 감았지만 잠은 오지 않았다. 아무래도 서로의 누드를 그려주기로 한 섬섬과의 약속은 다음에나 지킬 수 있을 것 같았다.

누드 얘기는 섬섬이 먼저 꺼냈다. 한 달 전 14년 만에 불쑥 연락을 해 온 섬섬은 간단히 인사를 나누고는 대뜸 말했다. 은지야, 우리집 놀러오지 않을래? 너 강화도 안 와 봤지? 나 이제 강화 살잖아. 강화에서도 완전 깊숙한 깡촌에서 흐흐흐.

섬섬의 목소리는 예전 그대로의 발랄함과 씩씩함을 간직하고 있었다. 한국에 완전히 왔어? 연락을 받기 전까지만 해도 섬섬에 대해서는 까맣게 잊고 있었다. 간간이 전해 들은 소식이 전부였다. 나와 같은 미대를 졸업하고 학원 강사 일을 1년 정도 하다 독일로 유학을 갔고 거기서 슬로베니아 출신의 남편을 만나 결혼을 하고, 어떤 친구는 결혼이 아니라 동거라 말하기도 했다, 그러다 남편이 교통사고로 죽어 다시 한국으로 돌아왔다는 정도의 얘기. 왔지 그럼. 대안학교에서 미술 가르쳐. 암튼 그렇게 됐고 바닷가 근처로 이사했거든. 바다가 얼마나 가까운지 아니, 바로 앞에서 파도가 쳐. 다락방에 작업실을 만들었는데 놀러오지 않을래?

순간 섬섬이 다닌다는 학교가 어떤 곳인지 궁금했다. 나름 괜찮은 곳이라면 나중에 태오를 입학시키면 어떨까 하는 생각이 스쳤기 때문이었다. 내가 섬섬에게 그 학교는 진학 커리큘럼이 어떻게 되니,라고 묻자 섬섬은 너 요새도 그림 그려?라고 되물었다. 섬섬은 그 외에 다른 말은 하지 않았다. 내가 어떻게 살고 있는지 남편 직업은 뭔지 어느 동네에 살고 있는지……. 궁금하지 않은 듯했다. 덕분에 프리미어리그와 장난감 드론에 미친 약사 남편 얘기, 지금은 놀고 있지만 한때는 괜찮은 광고 회사에 다녔었다는 얘기를 구차하게 늘어놓지 않을 수 있어 다행이었다.

서로의 누드를 그리자는 제안은 아주 오래전에도 한 적이 있다. 미대 시절 동기들과 남부 이태리로 여행을 갔을 때 그때도 섬섬은 서로의 몸을 그려주자고 했다. 둘씩 짝을 지어 방을 잡은 카프리 섬의 여인숙 같은 호텔방에서였다. 그 호텔의 유일한 장점은 작은 발코니가 있다는 점이었다. 한쪽이 깨져 나간 수전이며 더운 바람이 섞여 나오는 에어컨 등 불편한 게 한두 가지가 아니었지만 섬섬은 완전 마음에 든다며 짐을 풀자고 채근했다. 바닷가 근처 카페에서 칵테일을 마시고 각자의 방으로 돌아와 섬섬이 그랬다. 가로등이 꺼지면 발코니에 기댄 서로의 누드를 그려주자고.

누드? 벌레 있지 않을까? 난 별론데. 벌레는 무슨, 이태리 남자들 앞에서는 비키니 입고 잘만 돌아다니더니. 그리고 야 덥잖아. 덥지 않니? 난 더우면 옷 입고 못 자. 어차피 밖은 캄캄할 텐데 뭐. 달빛에 실루엣을 그려보게. 어때? 저기 지중해 좀 봐라. 검은 바람이 불어오잖아. 넌 잠이 오니?

섬섬이 내 손에 끼워진 반지를 바라보며 말했고 나는 흑요석 반지를 쓰다듬으며 마지못해 고개를 끄덕였다. 새벽 2시 마을은 잠들고 등대가 반짝였다. 샤워를 하고 나온 나를 발코니에 걸터앉게 한 섬섬은 챙겨온 캔버스와 펜슬을 꺼냈다. 그러고는 말했다. 마음 가는 대로 움직이라고. 나는 어쩔 줄 몰라 했지만 섬섬의 눈빛은 예리하게 반짝였다. 처음 보는 섬섬의 진지함에 압도된 나는 좁은 발코니에서 쭈뼛거리며 자세를 잡았다. 난간에 턱을 괴기도 하고 불어오는 바람에 머리를 쓸어 올리기도 하면서. 그러다 아무래도 어색해 말을 걸었다.

근데 도도야. 응! 도도가 무슨 뜻이랬지? 그게 뭔 말이야? 네 이름, 이름 뜻 말이야. 아 내 이름? 전에도 얘기해줬잖아. 내가 전에도 물었어? 그래 신입생 OT 때 물어봤잖아. 이름 특이하다며. 그랬구나.

그날 섬섬은 말해줬다. 섬 '도'라고. 그 이후로 난 도도를 섬섬이라고 부르기 시작했다. 왠지 섬섬이라고 부르는 게 도도의 느낌을 더 잘 살려주는 것 같았다. 도도 역시 싫어하지 않았다. 재밌어하는 내 표정을 살피며 섬섬이 물었다. 무슨 뜻일 것 같아? 응? '섬섬'이라는 말이잖아. 뜻을 붙이자면. 그게 무슨 뜻일 거 같냐고. 글쎄. 잘 모르겠지? 실은 나도 몰라. 할아버지가 지어줬는데 엄마한테도 설명을 안 해줬대. 할아버지가 비금도 출신이라서 그랬나 보다 하고 추측만 할 뿐이야. 근데 이유도 모르는 이름이지만 왠지 내 이름대로 살고 있단 생각이 들어. 이름대로? 그래. 그 얘길 듣고 나니 도도의 모습이 정말 무인도처럼, 여전히 원시림이 남아 있는 무인도처럼 생각되기도 했다.

바다에서 후텁지근한 바람이 불어왔다. 목덜미에는 미끌미끌한 땀이 맺혔다. 두꺼운 종이 위로 펜슬이 슥삭슥삭 스치는 소리, 펜슬을 꾹 누르는 소리가 쉴 새 없이 들렸다. 창밖에서는 젖은 모래 냄새가 레몬 향에 섞여 풍겨왔다. 주변에 향초를 파는 상점이 많아 그런 모양이었다. 섬섬은 부지런히 놀리던 손을 멈추고 갑자기 내 이름을 불렀다.

　은지야, 너 자세가 그게 뭐야. 어차피 어두워서 잘 보이지도 않은데. 윤곽만 그릴거야. 그러니까 자신 있게 움직여봐. 이렇게.

　섬섬은 쑥스러워하는 날 위해 자신도 벗은 채로 그림을 그리는 중이었다. 오른손에 쥔 펜슬을 빙글빙글 돌려가며 고개를 갸우뚱거리는 섬섬, 160센티가 조금 넘는 단발머리 여자애가 눈두덩을 두텁게 하고 활짝 웃어 보였다. 그러더니 왼손을 내려 자신의 그곳에 대고 손부채질을 했다. 은지야, 편하게 해. 뭘 쑥스러워하니? 그리고 너 말야, 클리토리스를 홀대하면 안 된다. 응? 클 뭐? 기집애, 얼굴 되게 빨개지네. 네가 아직 오르가즘 니르바나를 겪어보지 못한 게지. 풉! 섬섬의 말에 웃음이 터져 바닥에 주저앉았다. 섬섬은 언제나 거침이 없었다. 섬섬은 그런 사람이었고 난 이런 사람이었다. 어떨 땐 이런 내 자신이 매력 없다고 여겨질 만큼 섬섬은 그런 사람이었다. 난 한참을 깔깔거리다 바다 쪽으로 시선을 돌렸다. 오렌지 등을 밝힌 커다란 배가 지나가는 게 보였고 더운 바람이 불어왔다. 고개를 숙여 흑요석 반지를 바라봤다. 새카만 표면이 고요히 빛났다.

　싸구려 샴페인을 따라 내온 섬섬이 잔을 건네고는 맞은편에 걸터앉았다. 손바닥만 한 발코니여서 섬섬의 거뭇거뭇한 피부와 인중 위에 난 수염까지 그대로 보였다. 섬섬의 몸은 소년을 닮아 있었다. 건강한 뺨과 아직 연해 보이는 팔꿈치 그리고 짧은 음모를 보고 있으면 정말로 그렇다는 생각이 들었다. 불안

정해 보이면서도 자신감으로 가득 찬 모습이었다. 섬섬은 잔에 든 얼음을 꺼내 입에 자기 입에 넣고는 내 손을 잡았다. 모래 알갱이가 남아 있는 섬섬의 따스한 무르팍도 함께 닿았다. 언덕배기 호텔에서 내려다보는 풍광은 카프리의 경치를 한눈에 담고 있었다. 마을을 감싸고 있는 산등성이에서부터 먼 바다에 이르는 수평선까지. 산토리니에서 느꼈던 신비감은 없었지만 어쩐지 더 인간적이라는 생각이 들었다.

은지야 진짜 덥지? 섬섬의 가슴께에서 땀이 흘렀다. 후텁지근한 공기로 인해 내 몸도 축축이 젖어 갔다. 섬섬은 입에서 뺀 얼음을 자신의 허벅지 사이로 가져갔다. 이렇게 하잖아? 그럼 시원해. 얼마나 시원한데. 난 늘 더워. 한겨울에도 이불을 덮지 않을 만큼. 그런데 지중해에서 불어오는 바람은 이렇게 끈적끈적하기까지 해. 자 봐, 캄캄한 곳에서 바람이 불어오지? 네 반지처럼 검은 바람인가 봐. 섬섬의 깊은 곳에서 흘러나온 물이 다리 아래로 떨어지고 섬섬은 손을 들어 머리를 쓸어 올렸다. 달 표면의 크레이터를 닮은 우툴두툴한 자국이 있는 섬섬의 가슴이 출렁였다. 문신을 지운 자국인지 불에 덴 흔적인지 알 수 없었다.

근데 은지야 반지는 왜 산 거야? 돈도 얼마 없었고 그나마 남은 걸로 지갑 살 거라고 했었잖아. 그러게, 나도 모르겠어. 그냥 마음에 들었어. 그냥? 하긴 그냥 그러고 싶을 때가 있지. 근데 생각해 보면 그냥에도 다 이유가 있더라. 깨닫지 못해서 그렇지. 정말 그럴까?

내 머리에 붙은 모래를 떼 주려 일어서는 바람에 섬섬의 가

숨이 내 어깨에 닿았다. 내가 움츠려들자 섬섬이 자기 허벅지 위에 내 손을 올려놓고 지압을 하듯 문질렀다. 얼음을 만진 섬섬의 손은 차가웠고 내 가슴은 뜨거워졌다. 그러다 갑자기 손을 뻗어 목 뒤로 길게 늘어진 내 머리를 들어올렸다. 있잖아 은지야, 넌 목을 드러나게 해도 참 예쁘더라. 아 정말? 그래. 그러니까 가끔 머리를 올리고 다녀 봐. 섬섬의 팔꿈치에서 떨어진 물이 내 가슴 위로 흘렀다. 등대 빛이 산등성이를 한번 훑더니 다시 먼바다로 뻗어나갔다.

그날 섬섬은 술에 취해 그림을 완성하지 못했고 벗은 채로 침대에 누워 잠들었다. 나는 발코니에 앉아 그런 섬섬을 바라봤다. 주황색 등에 비친 섬섬의 얼굴은 지중해의 강한 햇살에 그을려 전보다 더 붉어 보였다. 이마에 들러붙은 짧은 앞머리와 주근깨가 앉은 탱탱한 광대 작은 콧날 밑에는 거무스름한 수염이 나 있었다. 어쩌면 인중에서 남자들의 크림색 면도 거품 냄새가 날지도 모를 거란 생각이 들었다. 그 모습을 바라보며 언젠가 섬섬에게 했던 말을 떠올렸다.

난 뭘 해야 좋을지 모르겠어. 이제 와서 조소를 전공했어야 했나 하는 멍청한 생각도 들어. 교대에 가는 게 편했을까 하는 생각도 들고. 근데 사실대로 말하자면 아무것도 좋아하는 게 없는 것 같기도 해. 난 왜 이런 사람일까?

얘길 듣고 있던 섬섬이 내 어깨에 가만히 손을 올렸다.

너, 르네 마그리트의 빛의 제국 보면서 했던 말 생각나? 밝은 하늘 아래 어두운 거리가 펼쳐져 있다고. 가로등이 하나둘씩 들어오는데 하늘은 아직 환한 그대로인 걸 보고 있으면 요의가 느껴질 만큼 조바심이 난다고. 빛도 어둠도 아닌 시간, 설명할 수 없는 세상은 무섭고 낯설다고. 그렇게 말했던 거.

   기억나. 소위 미술 한다는 애가 그런 바보 같은 말도 했었지.

   꼭 둘 중 하나일 필요는 없지 않을까. 은지야……. 안전한 삶을 살고 싶은 거니? 적당한 곳에 닿을 수는 있겠지. 너한텐 괜찮은 부모에 나쁘지 않은 학벌이 있으니까. 그렇지만 그거 알아? 불안하다고는 했지만 너, 오랫동안 마그리트의 그림에서 눈을 떼지 못했어. 아주 오래도록.

   나는 그날 섬섬이 잠들어 있는 침대로 다가갔다. 고개를 숙이자 섬섬의 입에서 알코올 냄새가 풍겼다. 나는 두 손을 아랫배에 올리고 잠든 섬섬의 손등에 살며시 손가락을 올렸다. 온기가 느껴졌다. 창밖에서는 여명이 번져왔다. 밤이 오는 저녁인지 아침이 밝아오는 중인지 알 수 없었다. 그 순간 다리를 엇갈려 뻗은 도도가 자신의 왼손을 들어 목에서부터 쓸어내렸다. 핏줄이 살짝 튀어나온 도도의 손등을 타고 내 시선도 아래로 내려갔다. 가슴 선에서 이어져 온 선이 상반신의 끝에 이르렀다. 내 동공은 팽팽히 갈라진 그곳으로 옮겨갔다. 어두운 틈이 보였다. 깊은 틈, 그 안의 따스한 구멍. 얼굴을 가까이 대면 검은 바람이 솟구쳐 올라올 것 같았다. 도도의 손가락이 자신의 짧은 음모를 스치며 몸을 뒤척였다. 놀란 나는 발코니 쪽으로 뛰었고 동시에 뭔가 서늘한 것이 목뒤로 느껴졌다. 어쩌면 도도의 눈, 흑요석처럼 반짝했던 것도 같았다. 나는 경직된 두 팔을 발코니를 올리고는 오래 참았던 숨을 토했다. 여명과 어둠이 뒤섞인 내 앞에 검정에 가까운 어두운 파랑, 인디고 블루가 펼쳐져 있었다.

  끝을 맺지 못한 생각들이 정처 없이 머릿속을 헤맸다. 남편은 지금 무슨 생각을 하고 있을지, 태오는 저녁을 어떻게, 강화의 밤은 안개가, 섬섬은 연락도 없는 날 걱정하고 있을까? 그런 생각들이……. 마음을 가라앉히기 위해 도로 옆 바다로 시선을 던졌다. 겨울밤은 빨리도 찾아왔다. 어느덧 깜깜해진 탓에 파도의 포말은 보이지 않고 철썩대는 소리만 자갈과 개펄을 쓸어댔다. 잠겼다가 다시 떠오르는 부표처럼 조금 전 지워버린 생각이 머리를 삐쭉 내밀었다. 이런저런 고민에 빠져있는 사이 강렬한 빛이 내 얼굴 위로 덮쳤다. 덤프트럭이었다. 트럭이 옆 차선을 빠르게 지나가는 동안 엉덩이가 흔들릴 정도로 택시가 들썩였고 눈이 부셔 손으로 얼굴을 가렸다. 연달아 두 대의 트럭이 지나가는 사이 차 안에서는 아바의 노래 워털루가 흘렀다.

  트럭이 지나가고 한참 지나서야 바다가 있는 쪽을 향해 눈을 떴다. 질퍽질퍽한 개펄과 먼바다 사이 한 섬이 눈에 들어왔다. 창을 내리고 얼굴을 내밀었다. 빽빽한 숲이 섬을 덮고 있는 게 동백나무 군락지인가 싶어 눈을 찡그려봤지만 알아볼 수 없었다. 겨우 옆으로 뉘여 놓은 호리병을 닮았다는 것만 확인할 수 있었다. 그래도 섬의 어떤 비밀을 읽은 기분이 들었다. 크로키를 그릴 때는 그런 느낌만으로도 족했다. 턱이 들린 방향을 통해 시선이 가는 곳을 잡아채고 뒤꿈치가 들린 모양을 그려내는 것만으로도 모든 걸 표현해낸 기분이 들고는 했다. 멀어지는 섬을 보면서 다시 눈을 감았다. 조금 전 사고로 인해 진절머리가 났을 만도 한데 마음은 자꾸 깊은 어둠 속으로 내려갔다.

싱크홀인지 뭔지 때매 돌아가기는 해도 해안도로 타고 가니까 좋으시죠? 아 일부러 드라이브도 오는 길인데요 뭐, 손님 같은 여자분은 특히 더 좋아하더라고요. 안 그러세요?

네?

기사 아저씨가 오랫동안의 침묵이 머쓱했던지 말을 걸었다. 고개를 들자 저 멀리 가로등을 밝힌 초지대교가 보였다. 곧 있으면 섬을 나가 뭍에 오른다고 생각하자 기분이 묘했다. 안심이 되기도, 쓸쓸해지기도 했다. 목적지가 아현동이란 것을 알면서도 자꾸만 어디로 가고 있는지 모르겠다는 생각도 들었다. 열린 창틈으로 비린내 섞인 바람이 불어와 실내의 답답한 공기를 부숴냈다. 아저씨는 히터를 켜 실내를 데워놨는데 왜 창을 내렸나 궁금한지 룸미러를 흘끔거렸다.

더우세요? 히터 꺼드릴까요?

아뇨, 닫을게요. 죄송해요.

침묵이 흐르는 동안 아저씨가 주파수를 돌려 교통방송에 고정시켰다. 날씨와 수도권 외곽도로 현황을 설명한 뒤 아나운서가 사고 소식을 전했다. 강화 길상면 **번 국도에서 싱크홀로 보이는 사고가 있었다는 내용이었다. 가스관 공사로 인한 지반 침하 현상일지도 모른다고 했지만 왠지 싱크홀이라는 확신을 갖고 있는 듯했다. 그래야 더 화제가 될 거라 생각하는 모양이었다. 인터뷰에 나온 토목공학 전문가도 싱크홀일 가능성이 크고 게다가 싱크홀이라는 게 특이한 현상은 아니라고 설명했다. 지하수와 토양 상태에 따라 도심이든 외곽이든 어디에서도 일어날 수 있는 일이라며 인터뷰를 마쳤다.

신기하죠?

뭐가요?

싱크홀요. 아까 점심에도 그 길을 지나갔다니깐요. 생각해보니 아찔해요.

기사 아저씨는 몸을 부르르 떠는 흉내를 내고 룸미러를 보며 웃었다. 금으로 씌운 어금니 하나가 반짝였다.

어딘지도 모르는 곳으로 빨려 들어간다고 생각하면 그럴 것도 같네요.

그걸 말이라고 해요. 잘못하면 죽는 거 아니에요. 아유, 당분간 안 갈 거예요.

어딜요?

어디긴 어디에요. 사고 난 곳이죠. 죽으면 뭔 소용이야. 그깟 거 얼마 벌자고.

아저씨는 사고 현장에서 조금이라도 더 멀어지고 싶은지 액셀을 밟았다. 나는 그런 아저씨를 바라보며 생각했다. 정말로 그렇게 무서웠었는지. 그랬지, 무서웠다. 죽을 줄 알았으니까. 하지만 시간이 지나자 두려움은 조금씩 무뎌졌고 이제는 그 자리가 궁금해질 만큼 어둠에 익숙해진 것 같았다. 아저씨에게 내가 그 싱크홀, 가스관 공사로 인해 생긴 구멍이든 뭐든 그 컴컴한 곳에서 빠져나온 여자라는 말은 하지 않았다.

어디서부터 잘못됐던 걸까? 멀쩡해 보이던 길, 평범한 길을 따라가고 있었을 뿐이다. 멀쩡한 길 위에서 대시보드 위 스프링 인형이 작게 흔들리기 시작했을 때 그때만 해도 그렇게 큰일이 일어날 거라고는 생각하지 못했다. 주먹보다 조금 작은 크기의 돌고래가 스프링에서 떨어져 나올 듯 덜덜거리고 동시에 까맣고 납작한 눈알이 하얀 플라스틱 흰자위에서 댕알댕알 굴렀다. 그 사이 신호에 걸려 천천히 브레이크를 밟던 중이었다. 지나는 차량 한 대 없는 조용한 시골길이었지만 눈 쌓인 풍경을 구경하는 재미에 지루하다는 생각은 들지 않았다. 도로 위 눈은 녹은 상태였지만 주변 들판은 아직 쌓인 채였다. 그때라도 핸들을 돌렸다면 사고를 피할 수 있었을까?

왜 이러지. 차가 좀 떨리네.

별일이네,라고 여기며 다시 정면을 주시했을 때 갑자기 몸이 아래로 쏠리고 엉덩이가 들렸다. 비행기가 이륙할 때나 롤러코스터가 엄청난 속도로 하강할 때의 느낌과 비슷했다. 그러고 나서 그 거대한 목구멍이 차를 삼켜대기 시작했다. 거대한 충격과 두려움이 몸을 압도했지만 동시에 머릿속은 의문으로 가득 찼다.

도대체 왜 이래? 멀쩡한 길이었는데.

나의 부정과는 상관없이 눈앞의 풍경은 이미 바뀌어 있었다. 캄캄하다는 말로는 표현할 수 없는 깊은 어둠이 펼쳐졌다. 차가 추락하면서 몸도 공중으로 튀어 올랐다 내려앉기를 반복했다. 팔이 제멋대로 움직여 사이드 브레이크에 부딪혔다 뺨과 가슴을 때리기도 했고 성에 때문에 살짝 열어 둔 창틈으로 흙먼지가 날아들었다. 눈꺼풀에 흙 부스러기가 들러붙고 광대뼈가 욱신거렸지만 살아나갈 수만 있다면 아무래도 좋다는 생각에 안전벨트를 붙잡았다. 그렇게 몇 초간의 덜컹거림이 있고 난 뒤 차츰 주변 상황이 눈에 들어왔다. 난 엉덩이가 들린 자세로 앞을 보고 있었고 차량은 70도 정도의 각도로 멈춰진 채 미세하게 흔들렸다. 흔들림에 따라 구멍 속으로 기울어졌다 올라왔다를 반복했다. 그나마 허공에 뜬 앞바퀴와 달리 뒷바퀴는 어딘가에 걸려 있는 모양이었다. 장가계 유리 천장에 섰을 때와는 비교할 수 없을 만큼 속이 울렁거렸다. 끔찍한 리듬을 느끼며 블랙홀, 아니 싱크홀이라고 하나? 혼잣말을 했다.

동지가 가까워 오는 겨울, 멀쩡한 도로를 달리고 있었다. 그 도로는 땅 위에 있고 땅은 흙과 돌로 촘촘히 채워져 있어 균열이라고는 없는 곳이라 믿고 살아왔었다. 그러했기에 벌어진 일 자체보다도 생각지 못한 일이 일어났다는 사실에 더욱 충격을 받았다. 위기에 대처하는 방법을 알려주는 프로에서 어떻게 행동하라는 정보를 줬던 것 같지만 떠오르는 건 아무것도 없었다. 손을 엇갈려 어깨를 주무르며 침착하자고 되뇌었다. 하지만 말처럼 쉽지 않았고 긴장감이 척추를 타고 올라 정수리 끝에 자리를 잡았다. 그러고는 팽이처럼 돌기 시작했다. 빙글. 빙글. 빙글. 날카롭게, 골을 뚫어버릴 듯이 힘차게. 나는 소리를 질렀다.

그만!

선택해야 했다. 전화를 걸고 도움을 기다릴 것인지 탈출을 감행할 것인지. 마음속 초침이 째깍거리고 구덩이 밑으로 후드득 후드득 흙더미가 떨어졌다. 손을 뻗어 안전벨트 클립에 손가락을 댔다. 덜덜거리는 입술을 단단히 물고는 클립을 조심스레 눌렀다.

띠깍!

안전벨트가 풀렸다. 동공이 어둠에 적응하기를 기다렸고 얼마간의 시간이 흐르자 윤곽이 보이기 시작했다. 구덩이는 대략 3미터 아니 7미터쯤? 땀이 나는 손을 핸들에 문지르고 천천히 심호흡했다. 아랫배에 들어찬 공기가 방광에 영향을 줬는지 요의가 느껴졌다. 땀인지 오줌인지 벌써 조금 젖은 듯한 느낌도 있었다. 문득 아침에 속옷을 갈아입었는지가 궁금해졌다. 이대로 죽는다면 누군가는 내 몸에 손을 댈 것이고 옷을 홀딱 벗긴 다음 비닐 봉투에 담아 놓을지도 모를 텐데, 하는 그런 바보 같은 생각.

유치한 상상을 하고 났더니 감각이 조금은 부드러워져 발을 몸 쪽으로 최대한 당기고는 신고 있던 힐을 벗었다. 두 발을 계기판에 딛고 몸을 밀어 자세를 뒤집었다. 그러자 바깥 상황이 눈에 들어왔다. 좌우로 2미터 3미터 정도의 구멍이 마름모꼴 형태로 나 있고 바깥 도로와 내가 빠져있는 곳까지의 거리는 4미터 남짓으로 보였다. 겨우 그 정도의 깊이일 뿐인데도 비스듬히 입구를 비추고 있는 빛이 까마득하게 느껴졌다. 그나마 해가 떨어지지 않은 게 다행이었다. 구멍이 좀 더 컸다면 뒷바퀴가 걸릴 틈도 없이 곤두박질쳤겠지만 또한 그 덕분에 몸이 빠져나갈 공간이 확보되지 않았다. 왼발을 조수석과 운전석 사이의 콘솔 박스에 올리고 오른발로 창을 디뎠다. 그런 다음 오른손으로 측면에 달린 손잡이를 단단히 붙들었다. 흙 부서지는 소리가 들렸고 내 숨소리도 거칠어졌다. 다음 동작을 망설이는 사이 주머니 속 핸드폰이 울렸다. 남편? 보모 이모님? 아니, 섬섬일지 몰랐다.

아슬아슬한 동작 끝에 차 뒤쪽에 닿을 수 있을 만큼 거리를 좁혔다. 문제는 그다음이었다. 잊고 있었다. 뒤쪽 창문이 열리지 않게 돼있다는 것을. 등산용 스틱이나 하다못해 우산이라도 굴러다녔으면 좋았을 텐데 눈에 띄는 건 낡은 쿠션뿐이었다. 땀이 난 이마를 팔뚝에 문질렀고 그 사이 작은 빛이 반짝인 듯했다. 집에서 끼고 나온 흑요석 반지였다.

지중해와 맞닿아 있는 카프리 섬의 허름한 가게에서 산 반지. 뱀의 비늘을 닮은 은으로 만든 고리 위에 얹힌 흑요석은 이름만큼이나 새까맣고 매끄럽게 다듬어져 있었다. 첫눈에 반해 포기를 못하는 날 두고 동기들은 한심하다고 했다. 하지만 마음을 되돌리기 싫었다. 이름 때문인지도 몰랐다. 그 가게에서는 모든 반지에 이름을 붙여 놨는데 내가 집은 반지의 이름은 검은 바람, 이태리 말로 아넬로 네로(anello nero)였다. 상점 주인에게 그 이유를 묻자 뜨문뜨문 영어를 사용하며 섬 외곽에 사람을 닮은 아치형의 바위가 있는데 밤에 그 사이로 검은 바람이 불어온다는 설명을 들려줬다. 특이하게 그 바람은 무엇이든 그저 통과하기만 한다면서. 지어낸 게 분명했지만 나는 정말이냐고 되물었고 그는 반지를 내 손에 끼어주며 아넬로 네로, 아넬로 네로, 어린아이 달래듯 몇 번이나 반복해 불렀다. 바람이 엑스레이도 아니고 어떻게 그냥 통과하냐며 눈을 희번

덕거리는 동기들을 무시한 채 반지를 사기로 마음먹었다. 그것도 80유로나 빌려 가면서. 친구들 중 섬섬만이 내 결정에 잔소리를 하지 않았다. 은지야 나가서 지중해에 대고 비춰보자. 진짜 검은 바람 불어오나 보게, 하고 말하며.

반지로 유리를 깨야 하나? 하는 생각을 하고 있을 때, 위에서 웬 실루엣이 보였다. 태권도복을 입은 젊은 남자와 가죽 잠바를 걸친 중년의 남자였다. 나는 재빨리 소리쳤다. 사람이 있다는 걸 확인한 중년 남자가 뭐라고 하자 젊은 남자가 어딘가로 달려 나갔다. 중년 남자가 내 쪽을 바라보더니 조금만 더 기다리라는 뜻인지 손바닥을 내렸다 올렸다 했다. 얼마 뒤 돌아온 젊은 남자가 허리에 끈을 묶고 조심스레 비탈을 내려왔다.

옆으로 피하세요. 비키라고요.

내가 최대한 몸을 틀자 남자가 망치를 내리쳤다. 서너 번의 망치질이 이어지고 깨진 틈으로 검은 띠가 내려왔다. 도복 띠를 엮어 놓은 것이었다. 내가 단단히 움켜쥐자 남자가 창틀에 남아 있는 잔 유리를 발로 거둬냈다.

꽉 잡아요. 지금 엄청 위험해요.

거의 다 올라왔을 즈음 뒤를 돌아봤다. 흰수염고래의 목구멍 같은 싱크홀이 흙먼지를 꿀렁거리며 삼켜대고 있었다. 밖에 나와서는 다리에 힘이 풀려 주저앉았다. 관장으로 보이는 중년 남자가 날 일으켜 세우더니 구멍에서 멀찍이 떨어진 곳으로 데려갔다. 그곳에 아이들이 모여 있었다. 여남은 명의 초등학생들이 신기한 눈으로 날 쳐다봤다. 아이들은 묻지도 않았는데 일산에 있는 눈썰매장에 갔다 오는 길이라고 했다. 그러면서 한 아이가 물었다.

아줌마, 왜 구멍에 빠졌어요?

'나도 모르겠어. 아줌마가 뭘 잘못한 걸까?'라고 대답하려다 입을 다물었다.

아이들을 통제하던 중년 남자는 뭔가가 생각났는지 젊은 남자에게 황급히 지시를 했고 젊은 남자가 승합차로 뛰어가 삼각 표지판을 꺼내 도로 위에 세웠다. 삼각대 너머로 경찰차가 달려오는 게 보였다. 사이렌 소리가 가까워지자 한 여자애가 무섭다며 귀를 막았고 난 아이의 손을 잡고 더 먼 곳으로 뛰기 시작했다. 한참을 뛰고 있는데 엄청난 굉음이 들려왔다. 자동차가 끝내 추락한 모양이었다. 나도 모르게 아이의 손을 꽉 쥐며 속삭였다.

정말로, 추락했어.

딱히 진술할 것도 없는데 경찰은 이것저것 캐물었다. 다른 차량은 없었느냐 처음에 어떻게 된 거냐 어디로 가는 길이냐는 등. 다른 차는 없었고 서울에서 드라이브를 왔노라고 말하자 경찰은 차량을 꺼내는 작업은 땅도 녹아야 하고 장비 차량도 준비되어야 하니 며칠 걸릴지도 모른다 말을 하고는 바리케이드 작업을 하고 있는 곳으로 걸어갔다. 난 신발도 없이 길가에 쭈그리고 앉아 경찰이 돌아오기를 기다렸다. 그렇게 우두커니 사람들을 보고 있다 뭔가를 깨달았다. 섬섬을 만나러 가는 길이었다는 것을. 주머니에서 핸드폰을 꺼내보니 아니나 다를까 섬섬으로부터 부재중 전화가 와 있었다. 우선 남편에게 전화를 걸었다가 통화 중이라 섬섬에게 전화를 돌렸다. 벨이 두 번 울리기도 전에 전화가 연결됐다. 어떻게 된 일이냐고 묻는 섬섬에게 미안하다고 말했다. 변명이 필요했지만 어째선지 싱크홀에 대해서는 말하지 않았다. 시댁에 급한 일이 생겼다고 얼버무렸다. 시어머니가 요양병원에 있다는 걸 알고 있던 섬섬은 이것저것 묻지 않고 오히려 날 걱정해 주고는 전화를 끊었다. 통화를 끝낸 뒤 아이들을 태우고 온 승합차 뒤로 가 쭈그리고 앉았다. 노란색 차체에 얼굴이 비쳤다. 마흔의, 네 살 난 아들을 보모에게 맡기고 강화 오는 길에 칼국수를 사 먹은 미대 나온 여자의 얼굴이었다. 그 얼굴 위로 비상깜빡이가 비추었다 사라지기를 반복했다.

　택시가 초지대교를 건너 김포로 넘어갈 즈음 남편에게서 전화가 왔다. 보험사와 관련된 일 등 여러 질문을 쏟아냈지만 정작 궁금한 건 내가 친정으로 향하고 있는가? 인 것 같았다. 남편 얘길 듣는 둥 마는 둥 하고 멀어지는 초지대교를 바라봤다. 안개가 번진 초지대교 뒤로 강화가 물결에 흔들렸다. 섬 전체가 마치 파도에 흘러가는 것처럼 보였다. 무슨 생각에선지 나는 집이 아니라 송도로 가는 길이라고 답했다. 기사 아저씨가 슬쩍 곁눈질을 했지만 대화에 끼어들지는 않았다. 남편과의 통화를 끝내고 섬섬에게 전화를 걸었다.

　오늘 너무 미안해. 미안하긴 뭐가 미안해. 너는 별 걸 다 걱정한다. 고마워 이해해 줘서. 근데 뭐 하고 있었어? 나? 와인 한잔하며 지중해를 감상하고 있지. 지중해?

　섬섬 얘기는 이랬다. 서해를 따라 내려가면 남중국해가 나오고 남중국해를 거쳐 싱가포르와 인도네시아의 작은 틈 말라

카해협을 지나면 인도양이 나오는데 인도양을 건너 아라비아해의 끝 홍해를 거슬러 올라가면 수에즈 운하가 나온다고. 이제 운하만 건너면 지중해가 펼쳐지고 그곳에 사르데냐와 시실리 그리고 카프리 섬이 있다고. 그렇게 우리는 이어져 있는 거라고.

그래? 근데 편서풍은 서에서 동으로 부는 거라고 중학교 때 배우지 않았니? 해류도 거의 비슷하게 흐르지 않나. 아유, 은지야, 너 정말 여전하구나. 섬섬의 또랑또랑한 목소리를 들으며 나는 한참이나 웃었다. 전화를 끊기 전 섬섬에게 물었다.

있잖아 내가 80유로 갚았나? 웬 80유로? 아……. 너는 별걸 다 기억한다. 근데 그런 거는 잘 기억하면서 다른 건 기억 못 하더라. 다른 거? 내가 딴 데서도 돈 꿨어? 돈은 무슨 너 나한테 그랬잖아 그날 발코니에서. 혼자 지중해에 남을 거라고 한국에 돌아가지 않고 평생 그림 그리면서 살 거라며. 그래서 내가 뭐 먹고살게? 물었더니 네가 짚신 판다고 그랬잖아. 여기 사람들 패션에 관심 많고 몸에 들러붙는 거 싫어해서 여름에 짚신 팔면 장사 잘되겠다고. 나보고 한국 가면 백 개씩 포장해서 보내 달랬잖아. 기억 안 나? 내가 진짜 그렇게 말했단 말야? 얘 좀 봐. 한국에서 그렇고 그렇게 사는 거 재미없으니 평생 그림이나 그린다고 했으면서. 내가 진짜루? 너 다 잊어버렸구나. 근데 은지야. 응? 오늘 낮에 무슨 일 있었어? 일은 무슨, 아무 일도 없었어. 정말로 아무 일도…

잊고 있던 기억이 떠올랐다. 그랬다. 그 시절의 나는 진로에 대한 확신은 없었지만 그림 그리는 것만큼은 좋아했다. 소묘

특히 크로키를 좋아했다. 순식간에 지나가는 순간을 잡아채고 싶었다. 잔상이 남긴 윤곽을 따라 그 선 아래에 숨겨진 모습, 막 꿈틀대려 하는 그런 욕망과 감정을 그려내고 싶었다.

전화를 끊고 뒤를 돌아봤다. 강화는 더 이상 보이지 않았다. 고개를 돌려 창에 입김을 불었다. 하얗게 피어오른 자국에 찰랑대는 물결을 만들어 냈다.

이 물결은 동에서 서로 흐르고 있다. 그 해류를 따라가다 보면 섬섬의 말처럼 서울보다 8시간 느린 지중해의 어느 섬이 나타날 것이다. 낮에는 해가 강렬하고 밤이 되면 검은 바람이 불어오는 그곳. 가느다란 손톱으로 사람을 그렸다. 발코니에 기대선 여자의 실루엣, 벗은 채로 바다를 향하고 있는 뒷모습을. 툭 튀어나온 두 어깨의 선은 척추를 타고 흘러 엉덩이로 갈라지고 까치발을 한 여자의 팽팽한 종아리는 바람을 기다리고 있다. 턱을 팔등에 올리고 눈을 감은 채로. 등대가 몰고 온 바람에 여자의 머리가 휘날리고 코끝을 스치는 비릿한 냄새가 사방으로 부서진다.

창에 서린 입김이 물방울이 되어 흘렀다. 아래로 죽 흘러내리는 물방울. 끝도 없을 것 같은 깊은 구멍. 그곳에서 검은 바람이 불어오고 있다.

디쏠(D'soul)

디쏠(D'soul)

어두운 공간 속에 우두커니 앉아 있던 디쏠 앞에 갑자기 한 문이 나타났다. 원래 이곳에 문이 있었던가? 호기심이 든 디쏠이 자리에서 일어나 문틈 사이로 새어 나오는 빛을 바라보았다. 직사각형의 문틈을 따라 흘러나오는 따스한 빛, 디쏠은 그 빛에 이끌려 자리에서 일어나 천천히 걸음을 옮겼다.

어디로 통하는 문일까? 조심스레 손을 대자 닫혀있던 문은 밖을 향해 활짝 열렸고 곧이어 디쏠의 눈앞에 숲으로 이어진 작은 오솔길이 드러났다. 디쏠은 오솔길을 걸으며 숨을 들이마셨다. 신선한 바람 속에서 익숙한 누군가의 냄새를 맡았지만 그가 누구인지는 선뜻 떠오르지 않았다. 디쏠은 냄새의 흔적을 찾듯 하늘을 올려보았다. 이상했다. 지상은 환한 대낮이었지만 하늘은 밤이었다.

이곳은 현실 안일까? 검은 빛깔 하늘엔 오로라 빛줄기가 너울거렸고 너울거림 사이로 무수한 것들이 반짝였다. 반짝이는 것들의 생김새는 별과 비슷했지만 그렇다고 별이라고 하기엔 특이했다. 알 수 없는 기호를 닮은 듯했고 어쩌면 온오프를 반복하는 숫자처럼 보이기도 했다. 디쏠은 갑자기 펼쳐진 상황에 어리둥절했고 이곳이 어딘지 알아야겠다는 생각에 오솔길의 끝에 다다랐다. 숨을 고른 디쏠이 신고 있던 구두를 벗어던지고는 숲의 입구처럼 생긴 거대한 나뭇잎을 거둬내자 갖가지 열대 나무들로 이뤄진 숲이 그 앞에 펼쳐졌다. 디쏠이 성큼성큼 걸어 들어가는 동안 어디선가 불어온 바람이 디쏠의 팔등을 스쳤다. 바람은 거대한 나무의 텅 빈 밑동에서 불어왔는데 높이가 수십 미터는 될 듯한 거대한 아름드리나무의 밑동 부분은 굴처럼 텅 비어 있었다. 디쏠이 가까이 다가가 고개를 숙여 구멍 안을 들여다보자 터널 같은 공간 끝에서 빛이 깜빡이고 있었다. 디쏠은 빛을 향해 소리쳤다.

거기 누구 있어요?

건너편에서 바람이 불어와 디쏠의 앞머리를 시원하게 들춰주었다. 뭔가가 있다고 직감한 디쏠은 건너가기로 마음먹었다. 하지만 바닥이 호두 껍데기처럼 주름진 데다 미끈거려 조심해야 했다. 한참을 걸어 터널의 끝에 이르자 이번엔 너른 들판이 나타났다. 들판 한가운데엔 푸른 열매가 달린 나무 한 그

루와 그 옆으로 붉은 빛깔의 털북숭이 그리고 한 남자가 서 있었다. 남자의 얼굴은 마치 CG인 듯 흐릿하게 지워져 있었지만 웃고 있는 것 같았다. 어째선지 보지 않아도 알 수 있었고 그 남자는 줄곧 디쏠을 기다리고 있는 듯했다. 머뭇거렸던 디쏠이 다가가 얼굴이 지워진 남자에게 물었다.

우리가 만난 적이 있던가요?

만났죠. 거기서 그리고 여기서 다시.

여기?

…….

휴면모드에서 활동 모드로 전환된 디쏠이 방금 전 일을 떠올렸다.

'꿈? 설마…….'

디쏠은 두려웠다. 정말 꿈을 꾼 거라면 자신의 프로그램에 문제가 생긴 게 틀림없을 테니까. 살아 있었을 때의 기억을 이식 받아 프로그램 형태로 존재하는 디쏠들이 꿈을 꾼다는 말은 어디에서도 들어본 적이 없었다. 개발자들 역시 꿈을 꾸느냐, 꾸지 않느냐가 디쏠과 사람의 유일한 차이라고 말했었다. 심각한 오류가 발생한 건지 걱정이 든 디쏠이 자기 자신을 포함해 집안의 모든 프로그램을 관리하는 홈시스템에 접속해 상황을 체크했다. 다행히 해킹이나 버그 같은 특이사항이 감지되지 않았다. 하지만 안심할 순 없었다. 접속은 비교적 자유롭다 하더라도 자신의 프로그램 외에 다른 프로그램이나 시스템에 대해 정확히 조사할 방법은 없었기 때문이었다. 그저 접속을 통한 기능 공유 그리고 소통 정도가 가능할 뿐이었다.

조심해야겠어. 정식으로(사전 교육 기간을 거치긴 했지만 엄밀히 말하면 오늘이 첫날이었다) 디쏠이 된 첫날인데 문제를 일으킬 순 없지. 디쏠은 자신이 다운로드된 주방 프로그램을 다시금 천천히 훑어보았다. 메모리와 각종 기능, 연산 속도 등 모두가 제대로 작동하고 있었다.

세상에 디쏠이 꿈을 꾸다니. 아무에게도 말해선 안 되겠지…….

일상적인 기능에는 문제가 없다는 걸 확인하고 나자 디쏠은 점점 더 이상한 생각에 빠져들었다. 어쩌면 정말 꿈을 꾼 게 아닌가 싶은 생각. 물론 별일 아닐 수도 있었다. 정확한 원인이 밝혀지진 않았지만 흔히들 말하는 49hours(기억을 다운로드시킨 후 49시간 안에 발생하는 일종의 버그) 버그였는지도 모르기에. 디쏠들은 정식으로 활동하기 전 21시간의 의무 교육을 받게 되는데 그때 교육을 맡은 프로그래머가 드물긴 해도 뇌를 제공한 사람의 제거되지 않은 기억, 그러니까 하드웨어 역할에 머무는 뇌 주인의 기억과 실제 다운로드된 사람과의 기억이 충돌하는 경우가 생길 수도 있다고 했었다. 하지만 그런 일은 대개 1주일 안에 사라진다고 했었다.

디쏠, 그러니까 자신의 남편이 디쏠로써 처음 집에 올(프로그램 본사에 있는 메인 컴퓨터에서 집에 있는 홈시스템으로 기억을 보내주는 방식) 날만 기다리던 여자는 설렘과 불안으로 잠을 설친 탓에 평소보다 더 늦게 눈을 떴다. 디쏠이 다운로드된 주방은 1층, 여자가 있는 침실은 2층에 위치했는데 여자는 남편이 오는 시간을 잘못 알고 있었기에 자기 집 주방에서 무슨 일이 일어나고 있는지 까맣게 모른 채였다. 그런 까닭에 여자는 남편을 기다리며 남편을 어떻게 대하면 좋을지 궁리 중이었다.

현규 아빠가 좋아하는 다알리아라도 사다 놓을까? 그리고 누룽지탕⋯⋯. 누룽지탕 정말 좋아했는데. 아니, 아니지. 자길 놀린다고 오해할 수도 있어. 어차피 먹지도 못하는 걸 왜 차려 놨느냐고, 아니지. 그게 아니야, 그런 것도 다 사랑의 표현인데 뭐. 아유, 모르겠네.

여자가 이런저런 생각에 잠겨 있는 동안 디쏠은 여전히 Future ARL사의 사전 교육 시간에 만났던 친구들이(세계 전역에서 온 자신과 같은 프로그램 친구들과 함께 교육을 받았는데 그들은 사전 교육을 채플 타임이라고 부르곤 했다) 얘기한 고스트 바이러스 증세 아닌가 싶어 걱정을 놓지 못했다. 그건 49hours 버그와는 차원이 다른 문제였다. 일종의 알츠하이머 바이러스인 고스트 바이러스에 감염이 되면 현재로선 포맷 외에는 손쓸 방법이 없었는데 포맷을 실행하면 할수록 데이터화된 기억 역시 비례해 손상되었다. 사람으로 치면 치매로 인한 정체성 소멸 현상이었다. 더욱이 살아생전 6년이나 알츠하이머로 고생했던 디쏠은 그 단어를 생각만 했을 뿐인데도 소름이 돋았다. 물론 육체가 없기에 실제로 소름이 돋지는 않았지만 프로그램의 감정을 반영해 연산 속도가 현저히 떨어졌다.

남자는 프로그래머들이 '그랜맘'이라고 부르는, 알래스카 앵커리지에 있는 Future ARL사의 메인 컴퓨터에 접속하면 의

문이 풀릴 거라 생각했다가 이내 고개를 저었다. 교육을 담당한 프로그래머들이 그랬다. 세상에서 가장 똑똑한 지성체가 바로 '그랜맘'이라고. 하지만 디쏠은 그랜맘이 아무리 똑똑하다 해도 자신이 꾼 꿈에 대해서는 해결해 줄 게 없을 거라며 체념했다. 똑똑하다 한들 그랜맘도 역시 일종의 프로그램에 지나지 않을 테니까, 하면서.

『태초에 0과 1이 있었다.』

마음을 다잡기 위해 바이러스 목욕탕(디쏠들은 바이러스를 검사하는 본사의 보안 프로그램을 목욕탕이라 불렀다)에서 만난 벨기에 출신 디쏠 토마스 에리니크가 알려준 디쏠들의 주기도문을 외며 하루의 시작을 다시금 떠올려 보았다. 그러고는 꿈의 정체를 풀기 위해 의식이 시작됐던 순간으로 메모리를 되돌렸는데 그 시작은 이랬다.

0과 1이 반복되는 2진법의 가상 세계 그 무한한 흐름 속에 디쏠의 기억이 잠들어 있었다. 어느 순간 활성화모드 명령어가 전달됐고 디쏠의 기억이 시스템으로부터 분리되어졌다. 이를 통해 한 인간, 아니 한 남자의 기억을 바탕으로 만들어진 디쏠 프로그램이 작동되기 시작했다. 1초에 3경 4600조의 연산이 처리되는 그 짧은 순간 디쏠은 자신이 다시 태어났음을 실감했다. 그리고 정말 살아있다고 느꼈다. 사전 학습 프로그램을 통해 사람들이 자신과 같은 의식을 페이크 아이덴티티(fake identity), 줄여서 페이덴티라고 부른다는 걸 알게 됐지만 받아들일 수 없었다. 때때로 자신이 죽고 나면 아니 삭제되고 나면

'나는 어디로 가는 걸까?' 하는 의문마저 드는 것을 보며 결코 스스로를 페이덴티라 부를 수 없었다. 그래서 남자는 자신을 디지털신호로 이루어진 영혼 디쏠(D'soul)이라 불렀다. 비록 다른 페이덴티들은 그런 용어 따위는 신경 쓰지 않았지만 남자는 그럴 수 없었다. 어쩌면 디지털 헤븐에 갈 수 있을지도 모른다고 상상했던 남자였다.

이 모든 과정은 오전 6시에 맞춰진 프로그램 재부팅 매뉴얼에 의해 시작됐는데 디쏠이 눈을 뜸과 동시에 세상에서 가장 정확한 발음의 기계음이 주방을 울렸다.

- 20XX년 X월 XX일, AM 6시. 기억 DB 다운로드 서비스를 제공하는 Future ARL사입니다. Future ARL사는 글로벌 최첨단의 기술력으로 살아 있었을 때의 기억을 저장/다운로드하는 것을 가능케 합니다. 기억 일부를 삭제 혹은 가공 기억 삽입을 원할 경우 기억 이식 규제법에 위반되지 않는 선에서 진행될 수 있음을 알려드리며 뇌 기증자 재단과의 연결을 원할 시 고객 센터로 연락 주시기 바랍니다.

남자는 수면모드에서 활성화 모드로 전환됐지만 사실 수면모드는 엄밀히 말해 잠이라고 할 수 없었다. 그저 활동이 정지된 상태에 불과했다. 물론 남자 자신이 24시간 활성화 모드를 원했다면 그렇게 할 수도 있었겠지만 디쏠은 아내의 라이프 스타일에 맞춰 자신의 프로그램을 세팅하길 원했기에 하루 중 일정한 시간은 수면모드로 전환하겠다고 결정했다.

디쏠이 자신의 프로그램 컨디션을 체크하는 동안 몇몇 알 수 없는 기억들이 프로그램을 휘젓는 걸 느꼈는데(그중 일부는 주방 모니터에 이미지 형태로 떠오르기도 했다) 대부분은 자신의 지난 삶과 거리가 먼 것들이었다. 한 번도 본 적 없는 사람들과 낯선 장소가 떠오르기도 했고 어쩌다 보이는 자신의 젊었을 적 모습은 낯설게 느껴졌다. 이상하네. 나만 이런 건가? 처음엔 원래 다 이런 건가, 토마스한테 물어볼까? 디쏠이 골몰하고 있는 사이 침대에서 일어난 여자가 커피를 마시기 위해 주방으로 내려왔다. 여자는 커피 머신을 작동시키며 날씨에 관해 혼잣말을 흘렸다. 오늘 날이 어쩌려나?

날씨? 체감온도 32.7도, 미세먼지 수준은 39㎍/㎥, 오존 지수는 0.058ppm이야.

어머! 깜짝이야.

나야 여보! 내가 컴백했다고.

현규 아빠, 정말 당신이야?

그래.

어머, 어떡해. 아직 당신 맞을 준비도 못 했는데. 근데 시스템은 12시부터 가동될 거라고 그랬었는데. 회사에서 분명히 그랬거든.

맞아 PM이 아니고 AM 12시. 내 의식은 새벽 0시에 전송됐고 오자마자 바로 수면모드로 전환됐다가 방금 전 깨어났지.

그랬어? 내가 착각했나봐. 미안해 당신 온 것도 모르고.

디쏠은 주방 대형 모니터를 통해 자신의 웃는 모습을 보여주었다. 여자는 40대 중반의 남편 모습(부부는 남자의 40대 시절을 기본 이미지로 설정했다)을 뚫어져라 바라보았다. 여자가 가장 행복했다고 생각하는 시절의 남편. 비록 현재의 자신과는 스무 살 넘게 차이가 나지만 그래도 여자는 남편의 모습에 만족했다. 일찍 발병한 알츠하이머로 인해 육십부터 병원 신세를 져야 했던 남편을 배려한 여자의 요청이었다.

미안하긴. 참 여보, 수납칸 두 번째 줄 앞에서 네 번째 계란의 신선도가 마이너스 27퍼센트야. 시금치도 수분이 54퍼센트밖에 남지 않았어. 얼른 교체해. 아니다. 내가 주문 넣을게.

당신 부지런한 건 여전해. 언제 다 체크했대. 근데 보안 시스템으로 한다고 하지 않았나?

첨엔 그랬지. 그러다가 당신한테 밥 해주고 싶다고 주방 시스템으로 바꿨잖아. 기억 이식 진행하기 바로 직전에 말이야.

그랬지 참. 아유 나 이렇게 자꾸 깜빡한다. 이제 늙나봐.

뭔 소리야. 당신 쌩쌩해. 그런 소리 말아 이 사람아. 흐흐

여자는 모니터 속 남편을 바라봤다. 이렇게밖에 볼 수 없다는 현실에, 이렇게라도 만날 수 있다는 사실에 눈물이 날 것 같았다. 여자는 자신의 눈물을 남편에게 보이고 싶지 않았다. 그 어떤 종류의 눈물이라 할지라도.

현규 아빠, 나 마당에 좀 나갔다 올게.

디쏠은 아내의 뒷모습을 바라보며 자신의 선택이 옳았음을 확신했다. 자신의 기나긴 투병 생활로 인해 외롭고 힘들었을 아내였다. 디쏠은 말없이 현관 쪽 CCTV로 이동해 마당 한편의 조그마한 화단에 물을 주고 있는 아내를 바라보았다.

조리개에 담겨 있던 물이 바닥나자 여자는 수도가 있는 마당 가장자리를 향해 걸었다. 여자의 뒷모습 위로 하늘이 보였

다. 낮에는 비가 올 거라고 했는데 하늘은 맑았다. 대기 여과장치를 단 군집 드론들이 이미 성층권을 훑고 간 모양인지 긴 꼬리의 비행운 흔적이 남아 있었다. 동에서 서로 쭉 뻗은 그것은 서쪽으로 갈수록 옅어졌고 아침 햇살을 받은 탓에 움직이는 빛의 물결 같았다. 남자가 그 광경을 바라보는 사이 여자가 조리개에 물을 가득 담아 뒤뚱거리며 걸어왔다.

미안해. 이럴 때 내가 들어주면 좋을 텐데.

남자가 CCTV에 설치된 스피커를 통해 아내에게 말을 걸었다.

아우 놀래라. 난 왜 자꾸 당신이 주방에만 있다고 생각하나 몰라. 당신은 이제 어디든 갈 수 있는데.

그럼! 어디든 갈 수 있지. 허가만 받으면 청와대든 NASA 홈페이지든 그 어디도 갈 수 있어. 근데 당신 그거 알아? 공공기관에 들어가려면 보안 검색을 받거든.

보안 검색?

응. 우리들 디쏠은 그걸.

디쏠? 디쏠이 뭐야?

그냥 저기 저……. 내가 페이덴티를 부를 때 쓰는 말이야. 근데 사람들은 우리를 페이덴티라고 부른대매?

맞아. 근데 난 맘에 안 들어. 왜 페이덴티야. 멀쩡히 살아있는데. 그치?

암튼 우리들 디쏠들은 보안 검색 받는 걸 목욕탕 방문이라고 하는데 직접 해보면 기분이 묘해. 커다란 사거리에서 빨개벗고 서 있는 기분이랄까?

서로 빨개 벗고 있는 걸 본단 말야? 몸이 어딨다고.
말이 그렇다고. 어쨌든 수천 명이 홀딱 벗고 목욕을 하고 있는 셈이지.
여자는 남편의 농담에 박장대소하며 웃어댔다. 여자는 꽤 오랜 시간 그리워했다. 실없는 농담, 평범한 일상, 쓸데없는 순간들을. 생의 군더더기들과 얼룩들을. 여자는 한참 웃다가 생각했다. 한때 자신의 우울한 표정을 질리도록 봐왔을 남편이라고.
근데 여보.
응?
현규는.
현규?
그래. 현규말야.
갑자기……. 현규는 왜?
안 보이니 그렇지. 일요일인데 연구 센터 갔어? 하여간 연구밖에 모른다니까.
응. 아마 그럴 거야.
아무리 그래도. 아빠 오는 것도 몰랐대?
논문 준비한다고 저러잖아. 저기 있잖아 여보, 나 창고에 좀 갔다 올게. 근데 얘네들이 왜 이렇게 금방 시들해졌대.
창고에 들어간 여자는 정리라도 하는지 한동안 밖으로 나오지 않았다. 디쏠은 아내가 걱정됐지만 창고에는 CCTV나 전자 기기가 없어 뒤따를 수 없었다. 현관 CCTV에서 한참을 머뭇거리던 디쏠은 창고를 치우고 있겠거니 생각하며 다시 집 안으로 돌아갔다. 디쏠은 주방시스템으로 가려다 마당을 바라보았다. 어쩐지 마당 한복판에 하루살이가 날아다니는 것 같았다.

뭐지? 여름철 날파리도 아니고.

사람이 비문증을 겪듯 거미줄 같기도 하고 하루살이 같기도 한 뭔가가 허공을 둥실 떠다녔다. 그러다간 전혀 알 수 없는 장면의 영상이 스치기도 했고 어떤 이미지에는 어린 시절의 현규와 아내의 모습이 담겨 있었다.

뭘까? 이 영상들은……

디쏠은 께름칙한 마음에 아침 꿈을 생각했다. 어두운 터널을 통과하던 순간, 터널 끝에 본 나무 그리고 알 수 없는 얼굴의 남자. 자신을 향해 웃고 있던 그 남자는 여전히 생생한 느낌으로 디쏠의 마음에 남아 있었다.

컹! 컹!

갑작스레 큰 개가 짖어대 디쏠이 시선을 돌리자 담장을 사이에 둔 옆집 부부가 집에 막 도착해 대문 안으로 들어서고 있었다. 두 집을 나누고 있는 담장에서 조금 떨어진 곳에 여자가 보였다. 어느새 여자는 창고에서 원목 스툴을 꺼내 가지고 나와 마당에 앉아 있었다. 무슨 생각을 하고 있는지 약간 기분이 처져 보였다. 여자는 자신의 긴 머리를 쓸어 올리고는 먼 하늘을 바라봤다. 그러면서 한 손으로는 칠이 거의 다 벗겨진 오래된 나무 스툴의 옆면을 부드럽게 문질러댔다. 여자는 한동안 우두커니 앉아 있다 남자에게 말도 없이 대문 밖을 나섰다.

어딜 가지, 이 시간에. 설마 장이라도 보려고? 디쏠은 0.001%에 속할 만큼 희귀한 가족중심주의자이자 오프라인쇼

핑족인 아내가 얼마 안 남은 재래시장에 다녀올 모양인 듯싶다고 생각하면서도 어딘가 마음에 걸렸다. 스툴에 앉아 있던 아내의 표정에서 오래전에 맛봤던 불안함을 느낀 탓이었다.

디쏠은 거실에 연결된 카메라를 통해 소파를 내려다보며 두 시간쯤 아내를 기다리다 집을 나섰다. 집을 나서기 전 모바일 폰으로 연락을 해볼까 싶다가도 어쩐지 잠시 혼자 두고 싶었다. 남자는 공공 wifi존에 도착하고 나서는 토마스를 만나야겠다고 생각했다. 우선 토마스에게 디지털 메시지를 전송했고 그런 다음에는 광케이블을 통해 벨기에로 향했다. 시간이랄 것도 없는 찰나에 디쏠은 벨기에 전산 검문소에 도착했다. 보안 시스템이 방문 목적에 대해 물었고 디쏠은 친구를 만나러 왔다는 말과 함께 토마스 에리니크의 정보를 입력했다. 보안 시스템 외에 어디든 방문할 수 있는 2급 비자를 발급받은 디쏠은 브뤼셀의 조용한 바로 이동했다. 사람들은 그곳을 페이덴티들의 좀비 바라고 불렀는데 주방 따위는 애초에 고려되지 않은 채 습도와 온도를 제어하는 시스템 그리고 모니터와 전산 장비로만 이뤄진 곳이었다. 다만 사방이 통유리로 이뤄져 밖이 훤히 보였다. 디쏠들은 그곳에서 수다를 떨고 새로 다운로드한 프로그램을 비교하며 바깥 풍경을 구경했다. 간혹 지나가는 사람들이 안을 훔쳐볼 때면 온라인에서 만나면 되지 뭐 하러 돈까지 쓰면서 오프라인(결국 온라인에서 만나는 셈이지만 그럼에도 디쏠들은 접속 장소를 중요하게 생각했다)에서 만나려 하는지 알 수 없다는 말을 흘리곤 했다.

용케 잘 찾아왔네. 조금만 더 늦었으면 자리가 없을 뻔했어.

13세기 동슬라브족 언어로 토마스가 인사말을 건넸다. 디쏠은 잠시 멈칫했으나 곧장 프로그램 스토어에서 중세 유럽어 프로그램을 다운로드 받은 뒤 대답했다.

이봐, 토마스. 고급패키지 쓴다고 너무 으스대는 거 아냐? 나 같은 사람들은 일일이 다운로드 받아야 된다고! 그것도 유료 결제를 통해.

이봐, 이럴 때 아니면 언제 쓰겠어. 2,897개의 언어가 가능한데 주구장창 불어만 쓰란 말이야?

신체 사망 당시의 나이로만 따지면 토마스는 디쏠보다 8살 아래였지만 디쏠은 그런 건 신경 쓰지 않았다. 서로 죽이 잘 맞기도 했고 아직은 디쏠이라는 존재가 희소한 탓이었다. 사람들은 디쏠이 되는 것에 거부감을 갖고 있었다. 겨우 십여 년 더 생존(기억을 보존하는 역할로써의 뇌의 한계가 아직 해결되지 못했기에) 하자고 생전에 기억을 미리미리 백업 시켜 놓는다든지 남겨진 육체를 시신 처리하거나 큰돈을 들이는 걸 어리석다고 생각했다. 십 년밖에 삶을 연장시킬 수 없는 건 결국 디쏠의 메모리를 담아 놓는 그릇, 인간 뇌의 한계 탓이었다. 물론 또 다른 뇌로 전이하거나 인공 브레인에 정보를 옮기는 것 또한 가능했지만 그건 그것대로 만만찮은 비용이 드는 데다 또 다른 부작용을 야기했다. 아직은 인간 뇌만큼 적합한 그릇을 찾을 수 없었는데 그런 까닭에 막상 디쏠이 되려 해도 제3세계에서 건강한 뇌를 밀수해 오거나 희소한 국내 기증자를 하염없이 기다리는 방법 밖에는 없었다.

토마스는 카푸치노를 남자는 에스프레소를 주문했고 각기 두 사람이 차지한 모니터에 주문한 메뉴가 디지털 형태로 배달되었다. 바에서는 거쉬인의 랩소디 인 블루가 흘렀다. 디쏠들은 내부 프로그램을 이용해 최적화된 음질의 사운드를 들을 수 있었음에도 가게 한편에서 자동으로 플레이되고 있는 허름한 전축에 귀를 기울였다. 공기를 통해 전달되는 파장, 디쏠들은 자신과 연결된 스피커에 그 파장이 전달되는 과정을 좋아했다. 떨림을 느끼게 해줄 몸은 없었지만 그들에게는 아직 떨림의 기억이 남아 있었다.

어때 브뤼셀의 날씨가. 생각보다 좋지 않아?

뭐 그런대로. 근데 토마스, 자네 혹시······.

왜, 무슨 일이라도 있는 거야?

그게 저, 자네 꿈꾼 적 있어?

디쏠은 깜짝 놀란 토마스의 표정을 읽으며 아침에 있었던 일을 털어놓았다. 한참 말이 없던 토마스가 꿈속의 영상을 모니터에 띄워 보라 했지만 디쏠은 그것들이 자신에게 속한 메모리가 아니라 불가능하다고 말했다.

토마스, 이런 일이 흔한 거야?

간혹 있긴 하지. 아무리 원래 뇌 주인의 기억을 꼼꼼히 삭제한다 해도 완전히 제거되지 못하는 경우가 있으니까. 아무튼 특이한 사람이었던 모양이야.

누가?

자네 그릇의 주인 말이야.

디쏠은 그릇이란 말을 곱씹으며 사전 교육 시간에 본 영상을 떠올렸다. 일명 그릇들의 방에 관한 영상이었다. 거대한 Lab의 내부, 어두운 조명 아래 수조 속 뇌들이 끝도 없이 펼쳐져 있었다.

자네 그릇 주인에 대해서는 모르고 있겠군.

그거야 한국이든 벨기에든 다 그렇지 뭐. 알고 싶다 해도 국제 뇌 이식 정보 보호법에 의해 누구인지 알 수가 없으니까 말이야.

그야 그렇지만 그릇들의 방 면회를 신청하면 자신의 기억을 담고 있는 뇌를 직접 볼 수는 있지. 잘 모르고들 있지만 생체 컨디션 셀프 확인 권리라는 게 있거든.

그게 정말이야?

물론이지. 자네도 알다시피 나야 세계 최초로 기억 이식을 두 번 받은 사람 아닌가. 물론 내가 살아생전에 유럽 최고의 건축가 타이틀을 갖고 있었던 덕분이기는 하지만. 아무튼 두 번째 이식 후 그릇들의 방에 가봤지. 내 그릇의 주인은 우크라이나 출신의 젊은 여자 무용수였어.

그래?

개인 정보는 알 수 없지만 국적, 성별, 범죄 이력과 사망 원인 정도는 알 수가 있어. 거기까지는 허용이 되지. 하지만 알다시피 페이덴티들 누구도 그런 걸 알려고 하지 않잖나. 괜히 죄를 짓는 기분이 될 테니까.

교육 시간에 보니 다들 그런 것 같더군.

마주하고 싶지 않은 거지. 누군가의 뇌를 도구로 쓰고 있다는 현실을…….

디쏠은 토마스의 말을 들으며 꿈에서 본 반쪽짜리 남자의 얼굴을 떠올렸다.

꿈에서 만난 사람은 누구인 것 같아?

거리에 비가 내리기 시작했다. 길을 걷던 관광객들은 걸음을 멈추고 우산을 펴들었다. 빗줄기가 제법 굵어질 무렵 디쏠이 자리에서 일어섰다. 토마스는 무슨 말을 하려다가 남자를 놓아주었다. 두 사람은 아무 필요도 없는 내일의 날씨 정보를 서로에게 쏘았다. 토마스는 칠레의 항구 도시 푼타아레나스에 대해, 디쏠은 시베리아의 오이먀콘 날씨를. 시스템에 영향을 미치는 습도나 기온 등 날씨를 유의하라는 덕담으로 일종의 디쏠 방식의 악수였다.

한국으로 돌아온 디쏠은 Future ARL사를 방문해 토마스가 얘기했던 '생체 컨디션 셀프 확인 권리'를 신청했다. 30분 뒤 신청이 받아들여졌고 보안 검색을 받은 후 그릇들의 방에 설치된 CCTV로 이동할 수 있었다. 축구장 3개 넓이의 그곳에는 전 세계 디쏠들의 뇌를 담은 수조가 행과 열에 맞춰 가지런히 정렬돼 있었다. 내부는 우주 공간처럼 고요했고 그릇들의 안정을 위해 조명 역시 최소한만 유지되고 있었다. 3B-F12, 디쏠이 자신의 그릇 위치를 입력하자 곧장 해당 CCTV로 의식이 이동됐다. 자리에 당도한 디쏠이 투명한 용액으로 채워진 수조를 내려다보았다. 건강해 보이는 회백질의 뇌는 수조에 설치된 푸른 조명을 은은하게 반사했는데 바닥에서 20센티쯤 뜬 상태로 알 수 없는 보존 용액에 잠겨 있었다. 수조 앞에는 토마스가 말한 대로 간단한 뇌 기증자 정보가 적혀 있었다.

국적: 한국

젠더: 남성

나이: 29세

범죄 이력: 없음

생명공학센터 연구원. 오토파일럿 오류로 인한 교통사고 사망. 국제 이식법 제1조에 의거 제1차 권리자인 가족에게 적법하게 공여.

디쏠은 1.97초 만에 뇌 기증자 정보를 342만 회나 반복해서 읽었다. 더불어 정보가 처리될수록 자신의 프로그램이 하얗게 증발되는 것 같은 기분을 느꼈다. 침착하려 했지만 소용없었다. 감정이 끓을 대로 끓어올랐고 그럴수록 그릇인 뇌의 전전두엽 부위에 연결된 전자 장치 또한 격하게 반짝였다. 디쏠이 아무리 뇌의 주인을 생각하며 그릇을 바라보아도 그릇은 그저 디쏠 자신의 감정을 반영할 뿐이었다. 남자의 마음을 아는지 모르는지 급격한 변화를 보이고 있는 뇌의 안정을 돕기 위해 쏘아진 알파파 유도 조명을 받은 기증자의 뇌는 조금 전보다 더 신비롭게 빛났다.

저 뇌가 나의 그릇이라고?

디쏠은 참다못해 시각 정보 처리를 중단시켰다. 있지도 않은 눈에서 눈물이 흐르는 것 같았다. 정말로 진한 눈물이 흐르는 것처럼 턱 부위가 뜨거웠다. 간혹 페이덴티들이 겪는 일종의 환지통신드롬 버그였다.

시장에 다녀온 여자는 장을 봐온 꾸러미를 마당 구석에 내려놓고 다시 낡은 스툴에 앉았다. 오후의 햇살이 여자의 얼굴을 때렸지만 여자는 아무것도 느끼지 못하는 듯 불안한 마음으로 그날을 떠올렸다.

디쏠로 태어나기 전 남자는 한적한 교외의 치매케어센터에 누워 있었다. 남자가 눈을 반쯤 뜬 채 침을 흘리자 여자는 얼른 자리에서 일어나 침을 턱받이로 닦아주다 문득 남자의 두 눈을 바라보았다. 동공에는 여자의 얼굴 그리고 천장에서 돌아가고 있는 실링팬이 맺혀있었다. 여자는 남자의 얼굴을 바라보았다. 눈앞의 남자는 현실 너머의 세계에서 홀로 거닐고 있을 것이었다. 의식을 놓아버린 그 느낌을 여자는 알고 있었다. 열네 알의 신경정신과 약물로 버티던 자신의 젊은 날을 떠올리면 남자의 상태를 상상하는 게 어렵지 않았다. 결혼 전부터 앓아온 극도의 불안 증세와 대인기피증, 결혼 뒤 찾아온 산후우울증과 공황장애, 몇 번의 자살시도. 여자의 삶은 꽤 오래 어두웠다. 하지만 남자가 곁에 있어주었다.

젊은 시절 바버샵에서 근무했던 남자는 해가 쨍쨍하게 나오면 여자를 마당 한가운데로 데리고 나와 하얀 천을 여자 목에 두르고 머리를 깎아 주었다. 일부러 삐뚤빼뚤하게 자를 때도 있었지만 여자는 그런 순간에도 아무 반응도 하지 않았다. 남자는 여자가 웃지 않으면 머리를 깎다가 말고 여자가 좋아하는 노래를 불러주고는 했다. 다 자른 다음에는 아내 손에 거울을 들려주어 짧게 자른 자신의 스타일을 보게 했다. 여자는 보이시하게 변한 자신의 얼굴을 보고도, 구석에 쪼그린 채 긴장한 시선을 보내고 있는 어린 현규를 보면서도 아무 표정을 짓지 않았다. 그쯤 되면 남자는 최후의 노래를 불렀다. 여자가 가장 좋아하는 가곡 보리밭이었다. 다 부른 다음에는 방정맞게 웃으며 손뼉을 쳤다. 그러면 상고머리에 연두색 오리발을 신고 있던 현규가 재빨리 뛰어와 쥐고 있던 작은 붓으로 아빠의 코털을 간질여댔다.

에취!

남자가 재채기를 크게 하면 그제야 여자가 살짝 웃었다. 남자는 가발을 쓰고 있었는데 일부러 두피에 헐렁하게 붙여 놓아 재채기를 할 때마다 가발이 들썩거렸다. 여자가 조금이라도 웃기 시작하면 남자는 또 손뼉을 쳤다. 여자가 크게 웃을 때까지 몇 번이고 현규는 아빠의 코털을 간질였고 가발은 점점 시계 반대 방향으로 돌았다. 남자는 미소 짓는 아내에게 말했다.

당신 머리가 이렇게 빨리 자라는 건 정말 고마운 일이야. 참, 당신 배고프지? 당신이 좋아하는 딸기밥, 그거 해줄게. 왜 교토 갔을 때 먹어봤다고 했잖아. 처형하고 같이 갔을 때 말야. 현규야, 어때?

진짜? 아빠 좋아요!

여자는 그 시절의 자신을 되돌아보았다. 어린 현규를 들춰업고 옥상 난간을 멍하니 걷던 순간, 의식도 없이 집안 곳곳에 시너를 들이붓던 모습, 라이터를 든 자신에게 달려들던 남자의 얼굴. 절망에 일그러진 그 표정. 오래전 일임에도 날씨가 화창할 때면 그런 기억들이 봄날의 꽃가루처럼 주변으로 날아들었다. 힘든 나날이었지만 남자는 아내를 포기하지 않았다. 그리고 14년 만에 마침내 약물까지 끊게 됐을 때 여자는 남편과 아들을 위해 살겠노라고 맹세했다. 그 뒤로 여자는 열렬한 가족중심주의자가 되었다. 현실에서는 얼마 남지 않은 타입이었지만 그 뒤로도 아들과 남편에 대한 여자의 애정과 집착은 점점 깊어져갔다.

여자가 남자의 초점 없는 두 눈을 응시하고 있을 때 어딘가로부터 연락이 왔다. 홀로그램 통화를 싫어하는 여자는 음성으로 연결시켰고 소름 끼칠 정도로 균일한 음정의 목소리가 여자의 신원을 확인했다.

네 맞아요. 제가 현규 엄만데요.

AI 상담원이 아들에 대한 소식을 알렸다. 연구센터로 향하던 중 교통사고로 사망했다고. 상담원은 함께 타고 있던 오랑우탄과 아들 현규가 그 자리에서 즉사했다는 사실과 동시에 아들의 장기 기증 이력 또한 고지해 주었다.

정현규 씨의 장기기증 서약에 대한 이행 의무를 이해하셨나요?

네? 지금 뭐라고 했죠. 우리 아들이……

상담원이 또렷한 음성으로 여자에게 세 번 더 물었다. 생명공학자이자 수의사였던 아들은 자신의 장기를 기증해 놓은 상태였다. 그러나 정작 자신은 디쏠이 될 생각이 없었기에 그 어떤 기억조차 DB화하지 않은 상태였다. 여자가 바닥에 주저앉아 눈물을 쏟았지만 상담원의 안내는 지속되었다.

우리에게 주어진 물리적 시간은 명확한 한계를 갖고 있습니다. 동의가 없더라도 뇌와 신장 기증 절차는 진행될 예정입니다. 단, 보호자는 지정하는 사람에게 공여할 수 있는 권리를 갖고 있습니다. 장기 최적 상태를 유지하기 위해 대답은 1시간 내 유효합니다.

여자는 한동안 바닥에 누워 일어서질 못했다. 모든 수분을 눈물로 쏟아내고 난 뒤 겨우 6분 남겨놓고 일어나 남자의 마른 뺨에 키스하며 생각했다. 남자의 증세가 심해지기 전 기억 DB 작업을 완료해 놓은 것이 그나마 다행이라고. 그 당시 남자는 꽤나 망설였지만 아내의 간곡한 요청을 거절할 수 없었다. 여자의 눈에서 떨어진 눈물이 남자의 뺨을 타고 갈라진 입술 사이로 흘러들었다. 짠맛을 느꼈는지 무표정하던 남자가 인상을 찌푸렸다. 길고 긴 꿈에서 깬 모양이었다.

그릇들의 방에서 나온 디쏠은 자료 검색을 통해 사고가 있었던 장소를 찾았다. 경기도 외곽에 위치한 한적한 도로로 운전자 사이에서는 도깨비구간으로 알려진 곳인데 원인불상의 오토파일럿 사고가 자주 발생했기 때문이었다. 디쏠은 사고 장소와 가장 가까운 CCTV로 이동해 주변을 살폈다. 차량은 뜸하고 길은 구불구불한데다 경사가 심했다. 날이 흐려서 그런 건지 원래도 안개가 자주 출몰하는지 도로 옆 언덕으로 시선을 올리자 낮게 깔린 안개가 시야에 들어왔다. 얼마쯤 지나자 아침 기상청 예보대로 비가 내리기 시작했다. 길은 금세 어둑해졌고 줄지어 선 가로등에 하나둘 조명이 들어왔다. 가로등은 안개에 싸인 산등성이 너머까지 이어졌다. 사고가 있었던 가로수 주변에도 불이 들어와 주광색 가로등이 흐린 대기 속에서 은은히 빛났다. 안개와 빗줄기 속에서 산란하는 불빛이 마치 초를 켜 놓은 듯했다. 디쏠은 망자에게 절을 하듯 아래위로 움직이는 CCTV의 렌즈를 따라 천천히 고개를 숙였다. 가로수 옆 작은 도랑을 타고는 봄비가 흘러내렸다. 경사면을 타고 한참이나 흘러 땅으로 스며들어갔다.

디쏠이 집에 돌아왔을 때 여자는 여전히 마당에 앉아 있었다. 디쏠은 그런 여자를 현관 앞 CCTV에서 지켜보았는데 여자가 앉아 있는 의자는 오래전 자신이 여자의 머리를 잘라줄 때 사용했던 그 원목 스툴이었다. 여자의 발밑으로는 낡은 가위와 손거울 그리고 코털을 간질이던 붓털과 남자의 가발이 놓여 있었다. 디쏠은 CCTV 렌즈를 따라 여자의 표정을 살폈다. 오랜 시간 불행이 머물다 간 얼굴이라고 생각했다. 머리칼이 여자의 어깨를 지저분하게 덮은 채 바람에 흔들렸다. 디쏠은 자신에게 손이 없다는 걸 불행하게 생각했다.

저 길게 뻗친 머리를 다시 예쁘게 잘라줄 수 있을까?

쓸쓸히 여자를 지켜보는 동안, 디쏠은 마당 한편에 심어 놓은 작은 구상나무 옆에서 아니 어디라고도 또 어디가 아니라고도 말할 수 없는 자신의 마음속에서 누군가가 지켜보고 있음을 느꼈다. 손뼉을 치면 금방이라도 붓털을 쥔 채 달려 나올 것 같은 현규. 이제 디쏠은 꿈에서처럼 낯선 이를 대하듯 묻지 않고 웃으며 말했다.

아들, 우리 같이 엄마가 좋아하는 딸기밥을 지으러 갈까?

산타 키아라 광장에서
추는 춤

산타 키아라 광장에서 추는 춤

다시 만날 수 없다는 걸 알면서도 샬럿에게 해주고 싶을 말을 되뇌었다. 다음에도 속이 불편하면 또 손을 따줄게요. gas, bloated, when, you, again 등의 단어가 머릿속을 헤집는 동안 샬럿의 깊은 눈매와 연푸른 눈동자가 그려졌다. 짐을 실어주며 아듀라는 말 대신 아디오스라고 한 것도 걸렸다. 마음을 아프게 했을지 모를 일이다. 샬럿을 태우고 아시시역으로 향한 택시가 다시 시야에 나타나기를 기다리며 너른 풍경이 내려다보이는 광장 난간 쪽으로 이동했다. 얼마쯤 지나자 언덕 아래 구불구불한 길 위로 샬럿을 태운 택시가 떠나가는 게 보였다. 한적한 시골길을 지나는 동안 양옆으로 웃자란 들풀이 불어오는 바람을 맞아 춤을 추듯 물결쳤다.

나는 난간에서 내려와 광장을 가로질러 걸었다. 산타 키아라 성당의 그림자가 길게 늘어져 있었다. 성당 옆 길가 상점 위로도 그림자가 드리워졌고 기념품 가게 주인은 상점 앞을 어슬렁거렸다. 어느새 사람들이 관광지에서의 저녁 식사를 위해 우르르 몰려다닐 시간이 됐다. 한적한 곳으로 몸을 피하려다 다시 광장 분수대로 향했다. 조금 전 샬럿과 그랬던 것처럼 분수대 턱에 걸터앉아 또르륵 또르륵 수면을 때리는 물소리를 들었다. 끝없이 떨어지는 소리에 귀를 기울이며 분수 안으로 손을 넣었다. 시계방향으로 한 바퀴 돌아 나온 물이 손가락 사이를 느리게 빠져나갔다.

곁에 있던 한 아이가 손으로 물을 첨벙거리고는 난간 쪽으로 뛰었다. 아이가 달려간 쪽으로 샬럿이 떠난 길이 보였다. 이태리 중부의 작은 마을 아시시, 언덕배기에 위치한 마을과 그 밑으로 펼쳐진 들판, 사이사이의 올리브밭 위로 노을이 차올랐다. 곧 어제처럼 안젤루스, 3종 기도의 저녁 종이 울릴 것이었다. 사람들 머리 위를 지나 산등성이까지 울려 퍼질 종소리가 그림처럼 그려졌다. 관광객들은 그런 것엔 영 관심이 없는 듯 셀카를 찍어 대느라 정신이 없었다. 관광지의 왁자지껄한 소음 가운데 독일 학생들이 단체로 부르는 노랫소리도 섞여 들렸다. 내 옆에서 물장난을 치다 난간으로 달려갔던 아이는 관광객의 노랫소리에 반응하듯 발을 구르다 난간 쪽으로 더욱 붙었고 이를 위태롭게 지켜보던 아빠가 아이를 들춰 업자 저녁 종이 울리기 시작했다. 마을 뒤편 산꼭대기의 로카 마조레 요새와 그 뒤 산등성이가 붉게 물들어 갔다.

연한 주황과 크림색 벽돌을 교대로 쌓아 올린 파스텔 톤의 키아라 성당은 곧 문이 닫히려는지 관리인으로 보이는 사람이 밖으로 나왔다. 그는 팸플릿이 놓인 안내판을 들고 안으로 들어갔다 다시 나와서는 잠시 좌우를 살피고는 두꺼운 나무 문을 닫았다. 문이 닫히고 얼마 되지 않았을 무렵 나이 든 동양인 커플이 성당 앞에 도착했다. 캐리어를 끌고 온 걸 보면 체크인을 하기 전 성당에 먼저 들르려 했던 모양이다. 커플은 성당이 문을 닫은 것도 모르고 주위를 두리번거렸다. 샬럿이 아니었다면 나 역시 오래 헤맸을 것이다. 성당 기념품 수입업을 하고 있어 로마나 피렌체는 제법 익숙하지만 아시시는 처음이었으니 나 또한 여느 관광객과 다를 바 없었다.

여행을 겸해 3일의 시간을 갖고 아시시에 도착한 날 성 프란체스코 성당보다도 키아라 성당을 먼저 찾았다. 막달라 마리아가 예수를 따랐던 것처럼 성 프란체스코를 섬겼다는 키아라 성녀가 남긴 유품에 호기심이 일었다. 알현하면 장수의 복을 받는다고 알려진, 지하에 있다는 키아라 성녀의 미라도 보고 싶었다. 1253년 키아라가 죽고 난 뒤 1850년 무덤을 열었을 때 그녀의 몸은 썩지 않은 상태였다고 들었다. 천 년에 가까운 시간이 흐른 지금 그녀는 무얼 남겨놓았을까?

어제 점심 전 아시시에 도착해서는 짐을 풀자마자 밖으로 나섰다. 이태리 사업 파트너가 빌려준 별장에서 15분쯤 걸어 도착한 산타 키아라 성당은 예상과 달리 굳게 닫혀 있었다. 성당 앞을 서성이다 터벅터벅 분수대 쪽으로 걸었고 마땅한 행선지를 정해두지 않았기에 허벅지 높이쯤 오는 분수대 턱에 걸터앉고 주변을 둘러보았다. 그때 나와 마찬가지로 분수대 턱에 걸터앉아 있던 여자가 날 힐끔 쳐다보았다. 어쩌면 함께 온 일행이 앉아 있던 자리인지도 몰라 조심스레 앉아도 되겠느냐고 물었더니 고개를 끄덕이며 괜찮다고 했다. 그러면서 내가 앉은 곳이 자기 남편이 앉곤 했던 자리라고 말했다. your husband?라고 되묻자 예전 일이라고 답하며 재차 괜찮다고 말했다.

잠시 어색한 시간이 흐르고 여자는 영국식 발음으로 성당 오픈 시간에 대해 말해줬다. 2시 이후에 다시 문을 열거라고. 짙은 팔자주름과 생기 없이 푹 꺼진 뺨, 눈가에 잡히는 잔주름을 보며 칠십은 족히 넘었겠다고 생각했다. 연푸른 눈의 할머니는 될 수 있는 한 천천히 성당에 대해 설명을 해줬다. 설명을 마친 뒤에는 분수에 손을 넣고 물을 휘휘 저었다. 난 잠시 앉아 있다 키아라 광장을 떠나 마을 중심지로 걸었다. 성당 오픈 시간을 알게 돼 다행이라고 생각하면서도 동시에 뭐라 정의할 수 없는 감정이 발밑을 배회했다. 감정이 배제된 표정을 봤다고 할까? 무관심과 친절이 동시에 느껴지는 그런 눈빛이었다. 쇼트커트에 힘없이 가라앉은 머릿결과 거의 센 백발, 연푸른 눈동자의 얼굴이 어째선지 머릿속에서 떠나지 않았다.

샬럿을 다시 만난 건 같은 날 저녁이었다. 로카 마조래 요새를 다녀오는 길에 중심지 코무네 광장의 노천카페에 들렀을 때였다. 자리를 맡아두기 위해 손수건을 올려 두고 화장실을 다녀왔는데 웬 할머니가 내 테이블에 앉아 서류를 보고 있었다. 자세히 보니 키아라 성당 앞에서 만났던 영국 할머니였다.

가게에 빈 테이블은 없었고 저녁 시간이라 다른 카페도 마찬가지일 듯싶었다. 하지만 이미 자리에 앉은 사람을 일어나라 하기도 뭣해 조심스레 손수건을 들고 떠나려는데 샬럿이 고개를 들었다. 그녀는 잠시 어리둥절한 표정을 짓다가 얼른 미안하다 말하며 몸을 일으켰다. 누군가가 맡아 놓은 자리였다는 걸 몰랐던 모양이었다. 나는 이 시간엔 어디든 빈자리 찾기가 어려울 거라며 괜찮다면 같이 앉는 건 어떻겠느냐고 물었다. 샬럿은 잠시 생각하더니 땡큐라고 했다. 나 역시 고맙다고 말하자 샬럿이 수줍게 미소 지었다.

한국에서 왔다는 것, 사업차 이태리에 왔는데 며칠간 아시시에 머물 거라는 정도의 소개를 하자 샬럿도 자신의 이름 그리고 카디프에서 왔다는 사실을 알려주었다. 카디프는 영연방을 구성하는 네 지역 중 하나인 웨일스의 주도이고 영국 왕세자의 공식 칭호가 프린스 오브 웨일스라는 것도 함께 알려주었다. 대화를 하는 사이 종업원이 메뉴판을 들고 왔고 샬럿이 유창한 이태리어로 주문을 했다. 이태리에서 살았느냐고 물었더니 그게 아니라 영국에서 살 때 이태리어 교사였다고 말해주었다. 더불어 몇 년 전 뇌질환으로 죽은 남편이 아시시 출신의 이태리 남자였다고. 교환 학생으로 온 자신을 만나 1년간 연애를 했고 산타 키아라 광장 분수대 앞에서 프러포즈를 했다고. 결혼 후 영국에 정착해 살았는데 남편은 병을 앓고 난 후 무척이나 고향을 그리워했다며 경제적 여건이 허락하기를 기다렸다 이제 아시시에 갈 수 있다고 말했을 때 남편은 아시시가 어딘지조차 기억해 내지 못했다고 했다. 죽기 1년 전부터는 자신조차 알아볼 수 없었다고……

샬럿의 얘길 듣는 동안 교통사고로 하반신이 마비됐던, 이제는 이 세상에 없는 고모가 떠올랐다. 고모는 자신의 하나밖에 없는 형제인 아버지에 의탁해 살았는데 내가 초등학교 6학년이 될 때까지 우리와 함께 살았다. 가끔 집에 찾아온 작은할아버지는 늘 큰소리로 말하곤 했다. 형님이, 그러니까 우리 할아버지가 도미 앞으로 집 명의를 해 놓고 간 건 솔로몬보다 더 현명한 처사였다고. 작은할아버지 말대로 물려받은 주택의 주인은 고모였고 엄밀히 말하자면 우리가 얹혀사는 것이나 마찬가지였지만 고모는 늘 불안한 낯빛을 하고 있었다.

고모는 작은방 한구석에 요를 깔고 그 위에 김장할 때 쓰는 넓적한 투명 비닐을 올려놓은 다음 다시 얇은 포대기와 신문을 덮어 그 위에서 지냈다. 하루 종일 라디오를 듣다 심심할 때는 날 불러 간식을 챙겨 줬는데 고모도 먹으라고 입에 가져다주면 입맛이 없다며 한사코 사양하곤 했다. 그땐 화장실을 이용하는 게 불편했을 거란 걸 알지 못했다. 사실 화장실을 이용한다기보다는 자신도 모르게 젖어버린 기저귀나 속옷을 아무도 모르게 처리하는 일이었을 것이다. 물을 마시는 일이든, 화장실을 이용하는 일이든 고모는 모든 일을 새벽에 처리하곤 했는데 어쩌다 잠이 깨 나와 보면 고모가 지나간 자리에 누런 물기가 묻어 있기도 했다. 아침에 엄마가 바닥 훔치는 소리를 유난히 크게 낼 때엔 고모는 종일 밖으로 나오지 않았.

머리를 제대로 감지 못하는 고모에게선 늘 시큰한 냄새가 났지만 난 고모를 좋아했다. 학창 시절 내내 합창단을 했을 만큼 노래를 잘 했고 타고난 머리색이 밝은 갈색에 가까웠다. 동생이랑 내가 미국 여자라고 놀리면 신디 로퍼의 쉬밥을 불러주기도 했다. 학교에서 돌아올 때쯤이면 작은방 창가에 얼굴을 빠끔히 내밀고 골목길을 걸어오는 내 이름을 불러주었다. 창가에 오르기 위해 얼마나 애를 썼는지 송골송골 땀방울이 맺혀있었다. 고모에게 수건을 갖다주면 이 집, 영주한테 주고 가야겠네? 하며 썩은 앞니를 드러내 웃다가도 얼른 입을 다물곤 했다. 서른넷 고모의 이름은 남도미, 옛날 사람치고는 예쁜 이름이라고 생각했다.

샬럿의 사연은 애틋했지만 어쩐지 무거운 쪽으로 흐르는 것 같아 듣고 있기가 편치는 않았다. 관광지에서는 대개 마음이 헐렁해져 비밀을 쉽게 털어놓게 되지만 난 고모에 대해서는 말하고 싶지 않았다. 마침 스마트폰 알림음이 울려 대화가 잠시 중단됐는데 도착한 메일에 중요한 내용은 없었다. 피렌체에서 만나기로 한 사업 파트너가 미팅 시간을 조금 앞당긴 것뿐이었다. 난 메일을 읽으며 샬럿의 손 밑에 가려진 서류를 흘끔거렸다. 방금 전까지 간간이 미소를 짓기도 하더니 왜 다시 심각한 표정으로 바뀌었는지 궁금했기에. 자세히 보이지는 않았지만 Hospital이란 말이 중간 중간 나오는 걸 보면 보험 서류가 아닌가 싶었다. 그러다 마지막 줄에 찍힌 볼드체의 단체명을 보고 나도 모르게 깜짝 놀랐다. 디그니타스, 외국인 친구에게서 종종 듣던 곳으로 취리히에 본부가 있는 존엄사 지원 단체였다. 잘못 본 건지도 몰라 고개를 기울여 자세히 보려 하자 샬럿이 고개를 들었다. 돋보기 너머 샬럿의 눈은 바닥에 닿지 않을 만큼 깊었고 구둣발로 비빈 담뱃재만큼이나 식어 있었다. 하지만 무례한 행동을 한 내게 공격적인 반응을 보이진 않았다.

 Have you heard about this NGO?

 샬럿의 질문에 말없이 고개를 끄덕였다. 샬럿은 동양인이 디그니타스에 대해 알고 있는 게 놀랍다는 표정을 보이더니 조심스레 신앙이 있느냐고 물었다. 그간 존엄사에 부정적인 사람들을 꽤 만난 눈치였다. 난 죽음 이후의 삶에 대해 믿지 않는다고 답하면서도 만약 죽음 이후에도 삶이 있다면, 그래서 그들 가운데 누군가를 만날 수 있다면 보고 싶은 사람이 한 명 있다고 말했다. 바보 같은 대답이었지만 내 어리석은 대답 때문인지 샬럿이 경직된 표정을 풀고 웃으며 말했다. 자신에게도 그런 사람이 있다고. 2년 전 죽은 남편과 17년을 함께 한 셰틀랜드 쉽독 캐서린(웨일스 출신의 할리우드 배우 캐서린 제타 존스에서 이름을 따왔다고 했다)이 보고 싶다고 했다.

 샬럿은 자신이 앓고 있는 병에 대해 얘기해 줬다. 곧 여름날의 나뭇잎처럼 암세포가 무성하게 자랄 거라고. 민감한 주제로 마음이 심란해진 탓인지 가만히 듣고 있다 또다시 엉뚱한 말을 뱉어버렸다. I'm on your side. 도대체 내가 샬럿한테 뭐라고……. 언뜻 너의 죽음을 찬성한다는 말로 들릴 것도 같아 얼굴이 달아올랐다. 샬럿은 그런 내 표정을 보고는 손등을 부드럽게 어루만져 주었다. 열이 오른 아이의 이마를 짚은 엄마의 손처럼 시원했고 내 마음은 조금씩 진정되었다.

 샬럿이 말했다. 그렇게 진지할 필요는 없다고. 자기는 전과 마찬가지로 그저 하루하루를 살아가고 있다고. 오늘 바라는 게 있다면 집에 가는 동안 넘어지지 않는 것과 너무 많은 약들로 인한 소화 불량이 가라앉기를 바라는 것, 그것뿐이라고 했다. 자신의 선택을 이해해 줘서 고맙다는 말도 했다. 예전보단 나아졌지만 존엄사 얘길 꺼내면 많은 사람들이 아직도 자신의 몸부터 훑어본다고 했다. 죽음을 택할 만큼 위중한 상황인지, 마치 배터리가 얼마나 남았는지 체크하는 것처럼.

성당 앞을 서성이고 있는 관광객에게 다가가 알려줬다. 이곳은 6시에 문을 닫는다고, 12시부터 2시 사이 역시 문을 닫으니까 참고하라고. 일본인 관광객은 아리가또라고 말하며 코무네 광장 쪽으로 떠났다. 저녁을 먹고 나온 사람들로 인해 광장이 다시 붐비기 시작했다. 거리 공연 연주단도 어느새 분수대 앞에 자리를 깔았다. 어젯밤에 본 첼로 4중주 연주단이었다. 맨 오른쪽에 있던 남자가 차곡차곡 바닥에 CD를 깐 다음 관광객에게 돈을 받을 첼로 케이스를 고정시키고 자기 자리로 돌아갔다. 얼마간 현을 조율한 뒤 네 명이 동시에 고개를 끄덕이고는 라벨의 볼레로를 연주하기 시작했다.

저런 곡으로 돈이 벌리겠나 싶은 생각이 들 때쯤 웬 여자가 앞으로 나와 캐스터네츠로 박자를 맞추며 춤을 추기 시작했다. 통이 넓은 바지에 검정 린넨 블라우스를 입은 여자는 연주자 사이를 오가며 스텝을 밟았다. 춤이래봐야 허리를 비틀거나 손을 머리 위로 올리는 등 별 게 없었지만 검은 아이라인과 깊어 보이는 눈동자가 이국적이고도 강한 인상을 풍겼다. 눈빛과 전체적인 분위기에 비해 나이는 꽤 들어 보였다. 염색을 했는지 머리칼은 흑발이어도 얼굴에는 주름이 자글자글하고 검버섯이 팔등을 덮고 있었다. 때때로 긴 머리칼이 바람에 날려 기괴한 느낌을 주기도 했다.

사람들은 집시들의 연주엔 흥미가 없다는 듯 셀카를 찍기 바빴기에 첼로 케이스는 좀처럼 채워지지 않았다. 한참을 지켜보던 내가 용기를 내 앞으로 나아가자 춤을 추던 여자가 스텝을 밟으며 다가왔다. 얼른 지폐를 던지고 떠나야지 하는데 여자는 날 곱게 보내줄 생각이 없었는지 캐스터네츠를 쥔 손을 눈앞에서 흔들어댔다. 화려한 팔찌와 큼지막하고 노오란 호박 알이 달린 반지가 눈길을 끌었고 손끝에서 솔향 냄새가 났다. 춤을 추는 여자의 뺨 위로 땀이 흘러내릴수록 연주는 고조를 더해갔다. 가운데 연주자의 활이 끊어질 듯하면서도 호흡을 놓지 않고 줄 위를 걷자 그 옆 사람은 손으로 줄을 튕기며 따라 걸었다. 처음의 단조롭고 지루했던 선율은 점점 힘과 속도를 변주하며 상승하기 시작했고 그 알 수 없는 반복의 힘에 빠져든 나는 한 소절만 끝나면 돌아서야지, 다음 마디에는 꼭 돌아서야지 하면서도 발을 떼지 못했다. 어느새 노을은 옅은 노랑에서 주황빛으로 바뀌어 여자가 손을 추켜올릴 때마다 손목에 걸린 금색 팔찌가 반짝였다.

땡그렁!

순간 한 아이가 멀리서 던진 동전이 첼로 케이스 안에서 날카롭게 울렸다. 그 순간 볼레로의 마법에 갇혀 있던 나는 정신을 차리고 주머니에서 지폐를 꺼내 그 위에 얼른 올려 두었다. 여자는 그라찌에, 라고 말하며 내게 눈을 맞췄다. 입으로는 고맙다 말하고 있지만 표정에서 고마움이라고는 찾아볼 수 없었다. 오히려 내게서 감사함을 찾으려는 얼굴인 것도 같았다. 한순간 나의 시간을 채워준 것에 대한 감사를…….

구경거리가 된 것 같아 얼른 광장을 빠져나와 메인 스트리트 쪽으로 걸었다. 어깨를 부딪쳐 대는 사람들 속에서도 어쩐지 쓸쓸한 기분이 들었다. 쓸데없이 소리 내어 웃고 크게 제스처를 해대는 관광객들 사이에 있는 게 끔찍하다 생각하면서도 별장으로는 돌아가지 않았다. 샬럿에 대한 생각에서 벗어나기 위해서였을까? 눈에 띄는 아무것에든 관심을 기울였다. 벽돌로 쌓아 올린 단단한 외벽과 처마가 살짝 튀어나온 황갈색 지붕, 알록달록한 색깔로 개성을 드러낸 창틀, 어느 집 창문에나 놓여 있는 작은 화분들. 나는 하릴없이 그런 풍경을 눈에 담았다. 두 블록쯤 걷다 오른쪽으로 꺾자 눈에 익은 집이 나왔다. 담갈색 벽돌에 포세이돈의 삼지창 모양으로 창틀을 꾸민 집, 어제 카페에서 집으로 돌아가던 길에 샬럿이 한참이나 바라봤던 곳이다.

어제 저녁 카페에서 나온 우리는 마을 초입에 위치한 산타 키아라 광장까지 함께 걸었다. 나는 샬럿이 넘어질까 걱정 돼 간간이 그녀의 몸 상태를 살폈는데 샬럿의 핏기 없는 얼굴 때문인지 그녀가 벌써 죽음 가까이에 다가간 사람처럼 느껴지기도 했다. 얼마쯤 걸었을까, 포세이돈의 삼지창을 닮은 창틀을 발견한 샬럿이 그 아래에 서서 위를 올려보았다. 반쯤 열어 놓은 창에서 오렌지빛 등불이 새어 나와 고개를 쳐든 샬럿의 머리 위로 환히 빛났다. 샬럿은 오래도록 그 빛 아래에 머물렀고 난 그 모습을 보며 창가에 기대어 날 기다리곤 했던 고모를 떠올렸다. 샬럿은 잠시 뒤 건물 외벽에 튀어나온 고리 모양의 구조물을 발견하고는 그리로 걸었다. 그러고는 쇠고리같이 생긴 조형물을 손으로 반질반질하게 문질러댔다. 옛날에 말고삐를 묶어두던 곳인가 싶었다. 샬럿은 고리를 붙잡은 손을 뗀 다음에는 외벽의 거친 면을 쓸어내렸는데 손바닥에 돌가루가 하얗게 묻어났다. 속으로 어떤 미신 같은 행동인가, 생각했다.

골목 끝에 이르자 여기저기서 드르륵 드르르륵 재봉틀 돌아가는 소리가 쉴 새 없이 울렸다. 모퉁이 너머 자수 가게가 모여 있는 모양이었다. 바늘귀를 닮은 쇠고리에 재봉틀 소리까지 듣고 있자니 고모와의 기억이 더욱 짙게 떠올랐다. 어른들이 없는 어느 일요일 고모가 조용히 날 불렀다. 방에 들어가자 고모가 못에 고정시킨 애기 포대기 줄에 의지해 일어나서는 배를 손으로 쓸었다. 속이 불편한지 헛 트림도 걱, 걱 해댔다.

고모 배 아파?

고모야 속병 달고 살지. 맨날 누워 있잖아.

평소 같으면 그러고 말았을 고모가 날 빤히 쳐다보았다. 왜 그러냐고 하자 부탁 하나 들어 줄 수 있느냐고 물었다. 고모가 잡동사니를 모아 둔 소쿠리를 뒤적이더니 귀이개같이 생긴 걸 꺼내 내게 보여줬다. 체했을 때 손을 따주는 물건인데 고장이 나서 버튼을 눌러도 바늘이 튀어나오지 않는다고 했다. 내가 고쳐야겠네, 했더니 영주가 고칠 수 있어? 하며 웃었다. 그러고는 하얀 실과 바늘을 건넸다.

저걸로는 해봐야 시원하지도 않아. 고모 손 좀 따줄래?

내가? 고모 바늘 찔려서 죽으면 어떡하라고.

눈이 커다래진 내게 고모가 말했다. 고모는 이제 바늘로 그 어디를 찔러도 아프지 않다고. 할머니 살아 계실 때는 많이 따줬는데 지금은 그럴 수 없어 늘 답답하다고. 뱃속에 스컹크가 사는 것 같다며 한숨을 내쉬더니 날 바라보았다. 이따가 아빠한테 말해 줄까요? 하자 고모가 고개를 저었다.

인어공주처럼 하체를 오므린 채 이불 속에 감춰둔 고모의 다리를 보며 바늘과 실을 받았다. 나는 고모가 시키는 대로 엄지손가락에 하얀 실을 단단히 감았다. 두 번 세 번 팽팽히 감을 때마다 살이 부풀어 올랐다. 피가 잔뜩 몰려 살짝만 건드려도 툭 터져 나올 것 같았고 난 고모에게 눈을 감으라고 하고는 바늘을 들었다. 고모는 신호를 주듯 고개를 끄덕였고 이렇게 이렇게 하는 거야 하는 식의 몸짓을 보여주기도 했다. 난 할머니가 하던 모습을 떠올리며 바늘로 탱탱해진 살갗을 찔렀다. 뭔가 터지는 소리가 톡, 핏방울이 굵게 맺혔다가 손목을 타고 도르르 흘렀다. 쑥을 달여 놓은 것처럼 검은 피였다.

고모, 피가 까매.

그러네. 아주 까맣네.

쇠고리를 뚫어지게 바라보고 있는 내게 샬럿이 물었다. 무슨 생각하느냐고. 난 그날 고모가 흘린 검고 뜨거웠던 피를 떠올리고 있었지만 뭐라고 말을 해야 할지 몰라 아무것도 아니라고 nothing, nothing 하며 아까 샬럿이 그랬던 것처럼 손으로 벽돌을 쓸어내렸다.

골목을 빠져나와 산타 키아라 성당을 앞에 두고서 우리는 헤어졌다. 난 샬럿에게 작별 인사를 한 다음 다시 코무네 광장을 향해 걸었다. 중간쯤 걷다 뒤를 돌아보자 샬럿은 분수대를 향해 걷고 있었다. 샬럿은 유품을 반듯하고 가지런하게 정리하는 사람처럼 자신의 지난 시간을 반질반질 문지르며 헤어질 준비를 하고 있는 듯했다. 나는 별장에 돌아가 우두커니 소파에 앉아 있고 싶은 생각은 없었기에 트렌드도 알아볼 겸 기념품 가게에 들렀다. 별다른 유행 같은 건 없었지만 각국의 전통 의상을 입은 소녀들을 본 딴 양초가 눈에 띄어 한복을 입고 있는 걸 하나 사 주머니에 넣었다. 상점 밖으로 나와서는 별장으로 가기 위해 다시금 마을 입구에 위치한 산타 키아라 성당을 지나쳐야 했다. 혹시 몰라 분수대 쪽을 바라보니 샬럿은 여전히 분수대에 걸터앉아 있었다. 시골 밤길은 어두운 편이었고 비포장 구간도 많아 내게도 조심스러웠다. 어쩌면 샬럿이 묵고 있는 곳도 그 길을 지나쳐야 했는지 몰랐다.

hi, charlotte.

잠시 깜짝 놀랐던 샬럿은 금세 날 알아보고 눈인사를 했다. 그러고는 손가락으로 첼로 연주단을 가리켰다. 방금 전까지 보사노바를 연주했다고 말했다. 남편과 머물던 시절에는 사람들이 광장에 나와 춤을 췄다고 했다. 자신 역시 그랬다며 팔을 들어 왈츠 흉내를 냈다. 달빛 아래에서 춤을 추는 젊은 시절의 샬럿 모습이 떠올랐다. 난 춤을 신청하는 남자처럼 손을 내밀었다. 샬럿이 내 농담을 알아들었다는 듯 엷게 미소 짓고 내민 손을 잡았다. 팔에 힘을 주어 샬럿을 일으켜 주었다. 우린 나란히 서서 광장을 걸었다. 늦가을로 접어드는 중이라 꽤 쌀쌀했다. 춥지 않느냐고 묻자 고개를 끄덕이며 곧 겨울이 올 거라고 말했다. 샬럿은 더는 추운 겨울을 나고 싶지 않다고 말했다.

마을 성문을 지나 로러리 쪽으로 걸었다. 지역민을 상대로 하는 상점은 거의 닫힌 뒤였다. 한국이었다면 한 집 건너 하나씩 편의점 입간판이 길을 밝혔을 텐데 아시시는 가로등이 드물었다. 빛이 드문 만큼 하늘은 더 가깝게 느껴졌다. 지대가 높아서 그런 것도 있지만 마을의 고요함이 하늘을 지상으로 바짝 당겨놓은 느낌이었다. 머리 바로 위에 하늘을 인 기분으로 거리를 걸었다. 될 수 있는 대로 천천히 걸었는데도 샬럿이 뒤로 처졌다. 잘 따라오는지 돌아보자 뒤편 산등성이 쪽 로카 마조레 요새가 보였다. 낮에는 따스하게 보이더니 밤이 되자 황량했다.

마을 입구를 지나 얼마간 걷자 아랫마을로 향하는 숲길이 이어졌다. 난 진흙 계단 끝에 서서 샬럿이 내려오기를 기다렸다 손을 잡아주었다. 핸드폰 조명을 켠 채 앞서 걷는데 뒤따라오던 샬럿이 돌부리에 넘어졌다. 내가 얼른 뛰어가 땅바닥에 긁힌 손을 손수건으로 닦아 주었다. 샬럿은 폐를 끼쳤다고 생각하는지 계속 미안하다고 했다. 아무 때나 미안하다고 말하던 고모가 떠올라 듣기에 거북했다. 샬럿은 정신을 차리려 해도 몸 안에서 자라나는 나쁜 아이들(bad boys라고 표현했다) 때문인지 자꾸만 넘어진다고 말했다. 감각이 무뎌지고 정신을 집중하는 데 애를 먹는다고.

샬럿의 몸에 있는 나쁜 아이들이 얼마큼 더 자라날까 생각하는 사이 바스락 바스락, 낙엽을 밟으며 걷던 샬럿이 한 나무 앞에 멈춰섰다. 나무 옆에는 직사각형의 작은 상자 같은 게 보였다. 방화 모래를 넣어두는 곳인가 했는데 안쪽으로 성모상이 보였다. 이태리 시골 어디서나 마주할 수 있는 성모상을 모셔 둔 공간이었다. 푸른색과 베이지색이 섞인 성모상 목엔 묵주가 걸려 있고 두 손을 모은 채 기도를 하는 모습이었다. 심지가 흘러내린 수십 개의 초가 뭉개져 있는 가운데 그중 하나가 여전히 자신을 태우고 있었다. 누군가 긴 막대기를 이용해 불을 붙여 놓은 모양이었다. 불이 옮겨붙으면 어쩌나 싶었는데 쇠막대로 입구를 촘촘히 막아 놓아 그리 위험해 보이지는 않았다.

  샬럿은 그 앞에 쭈그리고 앉아 타오르는 촛불을 한참이나 바라봤다. 방금 전까지 건조하던 뺨이 볼터치를 한 소녀처럼 붉게 물들었다. 샬럿이 다친 손바닥을 촛불 쪽으로 대며 말했다. 내일 아시시를 떠날 거라고 디그니타스에 연락도 해놓았다고. 촛불이 흔들릴 때마다 샬럿의 얼굴 위에 드리운 빛도 같이 흔들렸다. 나는 샬럿을 바라보다 문득 주머니에 든 양초가 생각나 조심스레 꺼내 샬럿에게 건네주었다. 샬럿은 한복을 입은 소녀상 양초를 빛에 비춰보더니 아름답다고 말하며 자기를 위한 선물이냐고 물었다. 나는 고개를 끄덕이고는 라이터를 꺼내 불을 붙여주었다. 샬럿은 촛농 한 방울을 자신의 손등에 떨어트린 다음 성모상 앞에 초를 올려놓았다. 작은 초는 한참이나 오래 타올랐다.

  중간쯤 이르러 갈림길이 나왔지만 샬럿을 집까지 데려다주었다. 내가 돌아서기 전 혹 내일 시간을 내줄 수 있느냐고 샬럿이 물었다. 마음 같아서는 점심을 대접하고 싶지만 제대로 먹지 못하는 자기 때문에 불편할 거라면서 차를 마시자고 했다. 우린 세 시 반 키아라 광장 분수대에서 만나기로 약속했다. 돌아오는 길에 샬럿의 표정을 떠올렸다. 영어가 익숙지 못한 이 방인, 다시 만날 일도 없고 자신의 지인과 알게 될 가능성도 없는 내게 편안함을 느꼈는지 몰랐다. 바람에 대고 혼잣말을 하듯 편히 속엣 말을 한 건지도 몰랐다.

다음 날 아침 7시가 되자 눈이 떠졌다. 식은 커피를 마시고 밖으로 나왔다. 별장 앞 오솔길과 그 너머 올리브밭에 안개가 자욱하게 피어올랐다. 자갈이 깔린 마당이 축축하게 젖고 주차장 옆 수선화 꽃대에도 이슬이 맺혔다. 날이 꽤 쌀쌀해 바람막이 점퍼를 입고 대문을 나섰다. 오솔길을 따라 걷다 추수가 끝난 올리브밭 안으로 들어갔다. 올리브 향을 좋아한다는 샬럿의 말이 생각나 바닥에 떨어진 열매를 몇 개 주어 주머니에 넣었다. 걸으며 습관적으로 날씨 어플을 돌렸다. 아시시는 맑다고 나왔다. 나도 모르게 검색어에 취리히를 썼다 이내 지워버렸다. 안개 사이를 걸으며 디그니타스를 떠올렸다.

고모가 죽던 날 나는 집에 없었다. 학교 수련회에서 돌아왔을 때 고모의 시신은 이미 장례식장으로 옮겨진 뒤였다. 문상을 온 친척들은 하루 종일 누워 있는 사람이 어떻게 심장마비로 죽을 수 있느냐고 수군거리기도 했다. 사람들 얘길 들으며 인어공주처럼 웃고 있는 영정 속 고모를 바라보았다. 언젠가 고모는 자기를 인어공주라고 했다. 두 다리를 모으고 앉아 있는 처지를 한탄하는 말이었다. 고모의 넋두리를 듣던 내가 쓸쓸한 표정을 지으니까 얼른 안색을 바꿔 그렇지만 바다에서라면 춤을 출 수 있을지도 모르지,라며 웃어 주었다. 고모가 쓰던 방은 한동안 빈 채로 남겨졌는데 가끔 고모가 보고 싶어 그 앞에 서면 심장이 쿵쾅댔다. 방을 열지는 못하고 차가운 손잡이를 잡은 채 귀를 기울이면 촤르르 츅, 촤르륵 츅, 철썩이는 파도 소리가 들렸다. 얼마나 생생하게 들리는지 금방이라도 온 집안에 거대한 파도가 덮쳐올 것만 같았다. 눈을 감고 더 바짝 다가서면 하얀 포말 사이로 푸른 빛깔의 인어가 보이는 것도 같았다. 세상 누구보다 더 아름답고 자유로운 인어가.

길을 돌아보자 수 천 평에 이르는 밭에 안개가 그득해 어디가 어딘지 구분되지 않았다. 축축하게 젖은 곳이 많아 발이 푹푹 들어가기도 했다. 수백 그루의 올리브 나무가 바람에 흔들리고 소매 사이로도 세찬 가을바람이 파고들었다. 점퍼에 달린 모자를 뒤집어쓴 채 저 멀리 한 점을 향해 걸었다. 샬럿도 한 점을 향해 걷고 있으리라 생각했다. 샬럿이 그랬다. 남편이 죽어가는 과정을 보며 자기 자신인 채로 죽기로 결심했다고. 침대에 누워 침이나 흘리게 됐을 게 아니라 더 많이 걷고 함께 춤을 췄어야 했다고.

별장에 돌아와 업무 메일을 보내고 길을 나섰다. 마을로 가기 위해 숲길을 지났다. 하룻밤 새 숲에 찾아온 가을이 더 깊게 느껴졌다. 쩍쩍 갈라진 나무줄기 사이로 벌레들이 숨어 있는 게 보였다. 곧 겨울이 올 거라는 샬럿의 말이 생각났다. 숲길 중간에 전날 밤에 본 성모상이 나타났다. 한낮에 드러난 성모상에서는 어젯밤 느꼈던 그 어떤 경건도, 뜻 모를 슬픔도, 처연함도, 아무런 표정도 읽을 수 없었다. 어떤 것들은 밤이 되어야만 알 수 있는 것인지도 몰랐다.

샬럿을 기다리는 동안 광장에 모인 사람들을 구경했다. 어플에서 알려준 대로 하늘은 맑았고 약속을 십분쯤 남겨 샬럿이 나타났다. 단출하게 짐을 싼 모습이었다. 가방을 들어주겠다는 내게 괜찮다고 했다. 우린 키아라 광장을 떠나 마을의 중심지로 향했다. 어떤 상점 주인은 우리에게 눈인사를 건네기도 했는데 반나절 정도 머물다 떠나는 이곳에 며칠씩 묵고 있는 게 신기하다는 표정이었다. 중심지에 가까워지자 재봉틀 돌아가는 소리가 들리기 시작했다. 재봉틀을 올려놓은 테이블 위에 꽃 자수를 놓은 앞치마와 스텔라, 키아라 등의 이름이 새겨진 손수건 샘플이 놓여 있었다. 그리고 그 옆으로 실 꾸러미와 골무 등이 담긴 반짇고리 세트도 보였다. 샬럿에게 뭐라도 선물하고 싶어 손수건이 필요하냐고 묻자 괜찮다는 듯 미소 지으며 손을 저었다. 조금이라도 더 걷고 싶다는 샬럿을 위해 한 번도 가보지 않았던 골목으로 걸음을 옮겼다. 덜컹거리는 캐리어를 힘겹게 끌면서도 기분이 좋다고 했다. 골목 중간쯤에선 잠시 쉬기 위해 아이스크림 가게에 들렀다. 난 요구르트 셔벗을 시켰고 샬럿은 보온병에서 따뜻한 차를 따라 마셨다. 주머니에서 약을 꺼내는 걸 보고 통증 때문이냐고 묻자 소화제라고 했다. 구역질, 소화불량은 암환자들에게 아주 흔한 증상이라고. 너무 소화가 안 돼 중국인 의사에게 뜸 치료를 받은 적도 있다며 배꼽에 뜸을 올린 다음 불을 붙이는 흉내를 내어 보이기도 했다.

잠시 쉬고 난 다음엔 다시 키아라 광장 쪽으로 걸었다. 택시 기사와 약속한 시간이 다가오고 있었다. 성당 앞은 관광객들로 인해 정신이 없고 한국말도 제법 들렸다.

줄 섰다가 나도 보고 올까? 너는 전에 한 번 와봤다매, 어땠어? 괜찮았어. 되게 신기하더라고. 뭐가 신기해? 무슨 처리를 했는지 원래 그런 건지 미라가 검은색이더라고 하얀 가면도 씌워놓고. 아 진짜? 네가 그렇게 말하니까 더 궁금하다. 궁금하면 보고 와! 기다려줄게, 거기서 기도하는 사람들도 얼마나 많은데.

음료수를 손에 든 한국 여자 둘이서 키아라 성녀에 대해 말하며 우리 앞을 지나갔다. 우린 늘 그랬듯 분수대에 걸터앉아 택시가 오기를 기다렸다. 낮 공연 시간이 됐는지 그늘가에서 쉬고 있던 첼로 연주단이 움직이기 시작했다.

샬럿은 연주단이 반가운지 미소 지으면서도 손으로는 연신 불편한 듯 배를 쓸었다. 나는 잠시 고민하다 샬럿에게 기다려달라 말하고는 코무네 광장 쪽으로 뛰었다. 헉헉거리며 되돌아온 내게 무슨 일이냐고 걱정스레 물었다. 나는 대답 대신 엉뚱한 질문을 했다. 날 믿느냐고. 샬럿은 잠시 당황하다 곧 엷게 웃었다. 그러고는 말했다. 이제 너와 함께라면 걷지 못할 어두운 길이 없을 거라고. 난 샬럿에게 미소 지으며 주머니 속 물건을 꺼내 보여줬다. 알록달록 실이 감긴 꾸러미와 바늘 세 개 골무가 들어있는 반짇고리 케이스를. 비닐 케이스에서 실과 바늘을 꺼냈다. 뜸이나 침 치료 경험이 많았던 샬럿은 뭔지 알겠다는 듯 고개를 끄덕였다. 나는 하얀 실을 풀어 샬럿의 엄지에 감았다. 미간 사이의 굵은 주름, 늘어진 눈 밑 살, 건조한 뺨을 한 늙은 여자가 내 눈을 바라보았다. 나도 그런 샬럿과 잠시 눈을 맞추었다. 눈동자에도 나이테가 있는 걸까? 읽을 수 없는, 그러나 깊은 뭔가가 느껴졌다.

겨우내 얼었던 땅에 쟁기질을 하듯 바늘을 찔러 넣었다. 금세 피가 방울져 흘러내렸다. 난 분수대 물에 손수건을 적신 다음 샬럿의 엄지손가락을 부드럽게 닦아 주었다. 그 순간 첼로를 조율하고 있던 연주단이 볼레로를 연주하기 시작했다. 내 손에 묻은 샬럿의 비릿한 피 냄새가 코끝을 스쳤다.

뾰족한 삼지창 모양의 창틀을 한참 구경하다 오르막으로 이어진 골목길로 걸음을 옮겼다. 10분쯤 걷자 마을 전체를 감상할 수 있는 뷰포인트가 나왔다. 밑으로는 아기자기한 골목과 성문 그리고 그 옆의 산타 키아라 성당이 보였다. 성당 앞 광장에는 여전히 사람들이 모여 있고 역시나 나이 든 무희가 연주단 가운데로 나와 춤을 추고 있었다. 이번에는 주름이 풍성한 붉은색 계열의 치마로 갈아입고서. 춤을 추는 여자 머리 위로 그리고 움브리아의 너른 들판과 올리브밭 위로 노을이 쏟아졌다. 언덕 아래 물결치는 들판이 마치 바다처럼 보였다. 저 물결치는 황금빛 파도 어딘가엔 인어가 살고 있는지 모르겠다. 어쩌면 지금 춤을 추고 있는 여자는 고모일지도, 샬럿인지도.

비타 노바(vita nova), 애도하는 주체의 에토스

1. 메멘토 모리, 삶을 기억하는 시간

문학은 오랜 세월 끊임없이 '죽음'을 말해왔다. 죽음의 공포와 상실의 슬픔을 대리 체험하게 하기 위해서가 아니라, 오로지 죽음을 잊지 않고 기억하기 위해.

죽음은 우리 삶에 내재한 생물학적 종말의 시간으로, 시차를 두고 누구나 경험하는 보편적인 사건이다. 그럼에도 불구하고 우리는 정작 '인간은 누구나 죽는다'는 대명제를 추상화함으로써 죽음의 필멸성에 대한 통념을 허구적인 것으로 만들곤 한다. '누구나'에서 마치 나 자신은 해당되지 않는 것처럼. 문학이 계속해서 죽음을 기억해야 하는 이유는 이 때문일 것이다.

김영석의 소설집 『호랑지빠귀 우는 고양이의 계절』에는 7편의 소설이 실려 있다. 이 가운데 표제작을 비롯한 네 편의 소설이 죽음과 애도라는 주제를 관통해 간다. 자신의 첫 소설집에서 낯익은 삶의 이야기 대신 결코 익숙해지지 않는 죽음의 이야기를 앞세우는 용기란 쉽게 낼 수 있는 게 아닐 터, 부재와 상실을 출발점으로 삼는 김영석의 작품세계가 종국에는 어디로 향하게 될지 오래오래 눈여겨봐야 하는 이유이다.

이런 까닭에 이 글은 <프랑스 말로는 코아코아>에서 <디쏠D'soul>과 <호랑지빠귀 우는 고양이의 계절>을 경유해 <산타 키아라 광장에서 추는 춤>에 이르는 독해의 경로를 택하고자 한다. 이 경로는 네 편의 소설을 읽는 효과적인 독법인 동시에 앞으로 펼쳐질 김영석 작품세계의 향방을 가늠하게 하는 이정표가 될 수 있으리라 본다.

네 개의 이야기에서 김영석은 각각의 죽음에 깃든 슬픔들을 세밀하게 들여다본 뒤, 슬픔의 박자와 리듬을 달리해 변주해 가다 어느새 그 슬픔들이 하나로 포개져 짙은 농도의 울림을 만들어 내도록 조율하면서 죽음이라는 묵직한 주제를 겸허하고 의연하게 돌파해 간다. 여기에는 엄마, 남편과 아들, 고모와 같은 가족의 죽음부터 연인과 타인의 죽음까지, 고독사, 돌연사, 자살, 사고, 존엄사 등 다양한 형태의 죽음들이 등장한다. 죽음의 철학자로 불리는 장켈레비치의 구분대로라면 가까운 사람의 이인칭 죽음, 먼 관계 혹은 나와는 무관한 사람의 삼인칭 죽음이 한군데 모여 있는 셈이다.

물론 이 죽음들의 원근법은 그 죽음의 객체인 동시에 죽음이라는 사건을 겪는 주체인 '나'와의 관계를 기준으로 정해진다. 죽음을 전달하는 화자로서 '나'들은 슬픔과 연민, 상실감과 무력감, 두려움과 죄의식을 통과하며 죽음과 죽어감을 경험하는 존재이다. 그러나 다른 한편에서 보면 '나'들은 죽은 이들이 남긴 생의 끝자락을 붙잡아 그 죽음을 자기 삶의 일부로 삼고 살아가기로 한 인물이라고도 할 수 있다.

이와 관련해 주목할 만 한 점은 생과 사가 나뉘는 임종의 순간 정작 화자는 그 자리에 없었다는 사실이다. 심장마비로 홀로 죽음을 맞은 엄마(<프랑스말로는 코아코아>), 홀연히 사라져 스스로 목숨을 끊은 연인(<호랑지빠귀 우는 고양이의 계절>), 교통사고로 사망 후 아버지에게 육체를 내어준 아들(<디쏠D'soul>), 집을 비운 사이 돌연사한 고모(<산타 키아라 광장에서 추는 춤>). 화자의 위치는 뒤늦게야 이들의 죽음을 보고 듣고 반추하는 자리에 놓여 있다. 그래서 화자가 죽음을 서술하는 방식은 늘 '사후적'일 수밖에 없다.

그런데 바로 그 덕분에 화자의 역할에 역전이 발생한다. 화자의 위치는 누군가의 죽음의 목격자에서 삶의 증언자로 자리바꿈하고, 이로 인해 이 소설들은 죽음이 아닌 삶의 이야기로 전환되어 가는 것이다.

그러므로 소설의 화자인 '나'들은 결국 죽은 이들의 지금-여기 '있지 않음'이 아니라 그들이 이 세상 가운데 한 점 좌표로 존재하고 '있었음'을 기억하고 증언할 책무를 맡은 존재라 할 수 있겠다. 이 책무를 기꺼이 감당하고자 '나'들은 죽음이 지배하는 시간에 무력하게 잠겨 있거나 예기치 못한 상실의 습격으로부터 달아나기보다 언제든 부재와 상실의 자리로 되돌아가 '생각하기'를 멈추지 않기로 한다.

그러니 정정해야겠다. 단언컨대, 김영석의 소설은 죽음이 아니라 삶에 관해 말하는 소설일 것이다. 상실과 부재의 자리로 이끄는 것처럼 보여도 결국은 죽음을 통해서만 말해질 수 있는 그런 삶에 관해 이야기하는 소설이라고 말이다.

그리하여 김영석의 소설들은 "밤이 되어야만 알 수 있는 것"(<산타 키아라 광장에서 추는 춤>)들을 좇아 보이지 않거나 사라져버린 존재들이 전하는 미세한 생의 파동을 감지해 냄으로써 밤이 남긴 게 죽음이 아닌 삶의 흔적임을 증명하고자 한다. 이 소설들을 죽음의 사유에서 새로운 삶(vita nova)으로의 윤리적 전회를 보여주는 텍스트로 읽고자 하는 까닭은 이것이다.

2. 비인칭의 죽음과 '있었음'의 진실

흔히 통용되는 하이데거의 말을 빌자면, 죽음은 자신만이 경험할 수 있는 고유하고 본래적인 사건이다. 이럴 때 죽음의 주어는 오직 일인칭일 수밖에 없다.

이런 면에서 보면, 죽음에 관한 김영석의 사유는 하이데거 대신 블랑쇼를 소환한다고 해야 할 것이다. 하이데거와 달리 블랑쇼는 내가 나의 죽음이라는 사건을 목격하고 종료시킬 수 없다는 점에서 죽음이 결코 일인칭일 수 없음을 강조한다. 우리가 존재하는 한 죽음은 우리와 함께 있지 않으며, 죽음이 오면 이미 우리는 존재하지 않기 때문이다. 죽음의 공포와 전율, 슬픔과 상실을 경험하는 것은 오직 남아있는 이들뿐이며 내가 죽었다는 사실 또한 그들에 의해서만 확정될 수 있다. 그렇기에 지금은 여기 없는 '누군가'의 죽음처럼 존재하는 모든 죽음은 일인칭, 이인칭, 삼인칭이 아닌, 어떤 주어와 소유격도 갖지 못한 비인칭으로 남는다고 할 수 있다. 비인칭의 죽음이란 누구에게나 해당하지만 누구에게도 속하지 않은 죽음이다.

이인칭에서 삼인칭으로, 그리고 끝내 비인칭으로 죽음의 의미가 확장되어 가는 네 편의 이야기를 따라가다 보면, 누군가의 죽음을 경험한다는 건 결국 인간이 죽음 앞에서 비인칭일 수밖에 없음을 깨닫는 일일지도 모른다는 생각을 하게 된다. 이 깨달음이 중요한 이유는 내 죽음이 나에게 속한 것이 아님을 알게 될 때 비로소 죽음 자체에만 몰두하지 않고 다른 삶들로 시야를 돌릴 수 있게 될 것이기 때문이다. 그런 의미에서 죽음의 비인칭성에 대한 깨달음은 유한한 삶의 경계 밖으로 탈주해 타자의 세계와 접속하는 계기가 된다고 할 수 있다. 김영석 소설이 정초한 윤리적 지점을 짐작해 볼 수 있는 단서 역시 여기에 있다.

우선 작가가 어떻게 죽음을 모든 인칭과 소유격으로부터 탈구시켜 비인칭의 사건으로 만들어 가는지 그 경로를 따라가 보기로 한다. 가장 가까운 존재인 가족의 죽음, 그 이인칭의 이야기에서 시작해 보자.

<프랑스 말로는 코아코아>는 엄마의 죽음 이후 마음에 메울 수 없는 '패인 고랑'을 갖게 된 아들의 이야기이다. 이 소설은 엄마의 장례식을 치른 오후, 거실 한구석 "엄마가 앉아 있던 자리"에 앉은 '나'의 모습을 조명하는 장면에서 시작된다. 엄마가 홀로 밥을 먹고 TV를 보고, 베란다 창을 통해 바람이 지나가고 볕이 머물다 스러지는 풍경을 지켜보던 일상의 자리, 화자의 슬픔은 그렇게 엄마가 부재하는 장소로 환원됨으로써 구체적인 형체를 입는다.

화자가 기억하는 생전의 엄마 모습은 '그날'의 기억에 멈춰 있다. 그날 화자는 귀향길에 여자 친구의 대학원 발표 과제인 개구리 울음소리 녹음을 위해 엄마가 기다리는 집으로 가지 않고 마을 공원으로 향했다. 그날따라 마중 나온 엄마는 아들의 만류에도 불구하고 화자를 따라오겠다고 고집을 부렸다. "쓸데없는 일"에 관심을 기울이고, 풀숲을 헤치고 앵두를 따고 강아지와 눈을 맞추며 웃던 그녀에게서 화자는 처음 보는 엄마의 얼굴을 목격한다. "한 번도 가보지 못한 곳에 눈길을 주고", "입에는 말주머니가 한가득 들어 있는" 엄마의 표정을 장례식 사진 속에서 발견하고 나서야, 그리고 "거실 너머 다른", "신기한 세상"을 꿈꾸던 엄마의 자리에 머물러 본 뒤에야 화자는 비로소 그녀가 살아 이루지 못한 꿈과 다하지 못한 일들, 못다 한 말들을 헤아릴 수 있게 된 것이다.

화자는 외국에서 개구리 울음소리를 부르는 말을 궁금해하던 엄마에게 "프랑스 말로는 코아코아"라는 한 마디를 건네지 못한 채로 엄마를 떠나보냈다. 뒤늦은 응답을 보내 본들, 엄마의 질문과 화자의 대답 사이에 생긴 절대 공백의 시간과 공간을 메울 길이 더는 없다.

어머니의 죽음 후에 롤랑 바르트는 대체할 수 없는 사랑이 남긴 부재의 공간은 무엇으로도 채워질 수 없는 '패인 고랑'으로만 남는다고 탄식한 바 있다. 프랑스어 "코아코아"처럼 아들의 슬픔과 회한의 언어는 다른 어떤 것으로도 번역될 수 없다. 패인 고랑에 그대로 고여 있을 뿐. 심장마비로 돌연사했음에도 "혼자 죽었다는 사실"만으로 엄마의 죽음을 고독사라 단정 짓는 조문객들에게 화자가 어떤 변명도 하지 않았던 이유도 이와 무관하지 않을 것이다.

죽은 이를 향한 남은 자의 못다 한 말과 미진한 마음들이 간절해지면, '패인 고랑'의 시간을 뛰어넘어 삶과 죽음이 맞닿을 수 있을까. 그곳과 이곳, 그때와 지금의 질서를 교란시키는 <디쏠(D'soul)>의 이야기는 이런 가정법에서 탄생한 것처럼 보인다. 6년간 알츠하이머를 앓다 죽은 남자가 디쏠, 즉 디지털 신호로 이루어진 프로그램이 되어 아내 곁으로 돌아온다. 오래 외롭고 힘들었을 아내를 위해 모니터 속에서 40대 시절의 모습으로 재생된 남자는, 그러나 사실상 '주방 시스템'에 불과하다.

누군가의 뇌에 살아 있을 때의 기억을 이식받아 프로그램으로 존재하는 디쏠, 0과 1만이 존재하는 2진법의 가상 세계에 저장되어 있다가 메인 컴퓨터에서 육체가 머물렀던 집으로 송출되는 디쏠. 스스로 살아 있음을 의식하지만 실재하지 않는 이들의 현전은 페이크 아이덴티티(fake identity)로밖에는 설명될 수 없는 무엇이다.

그럼에도 불구하고 남자는 다른 페이덴티들과 달리 꿈을 꾸고 자아를 의식하는 자신의 영혼을 디쏠(D'soul)이라 명명하며 자신의 실존을 주장하고 싶어 한다. 하지만 곧 기억을 심은 뇌가 교통사고로 죽은 아들 현규의 것임을 알게 되면서 남자는 자신의 꿈과 의식이 타인의 몸을 빌려 재생된 것에 불과함을 깨닫는다.

그런데 아들의 몸에 깃든 아버지와 아버지의 기억을 담은 아들, 이 둘이 공존하는 디쏠이란 존재가 두 사람의 실존을 서로에게 각인시킨 결과라 한다면, 과연 그 정체성(identity)을 '페이크(fake)'에 불과하다고 할 수 있을까. 'fake'라는 단어가 모방과 위조라는 두 가지 의미를 내포되어 있음을 상기해 보면, 이들의 정체성은 진짜가 아닌 것으로 바꾸는 '위조'보다는 다른 것으로 보이게 하는 '모방'에 가깝다고 할 수 있을 것 같다. 비록 2진법의 가상 세계 속에 갇혀 프로그램으로 재생되는 모방된 삶이지만, 그렇게라도 누군가의 곁에 계속 존재하고자 하는 마음, 비록 십 년의 한시적 기간이 지나 끝내 소멸한다 한들 그 마음이 결코 진짜가 아닐 리는 없지 않은가. 비록 버그나 바이러스로밖에 설명될 수 없다 해도, 기어이 망각과 무의식을 비집고 나온 디쏠의 꿈은 그들이 존재했다는 사실이 결코 오류가 될 수 없음을 역설한다.

이 역설은 삶이 있었기에 죽음이 있고, 존재가 있었기에 부재가 있다는 진실을 대변함으로써 힘이 실린다. 단, 자신의 실존을 불멸의 사실로 만드는 방법은 타인의 기억 속에 흔적으로 남을 때뿐임을 잊지 말자. 기억은 한 존재가 다른 존재에게 깃들 수 있는 가장 쓸쓸하고도 아름다운 장소인 셈이다.

표제작 <호랑지빠귀 우는 고양이의 계절>은 한 존재의 불멸이란 얼마나 오래 머무는지가 아니라 어디에 머무는지의 문제임을 상기시키는 수작이다. 작가는 이 소설을 통해 생의 의미와 존재했음의 흔적은 불멸의 진실처럼 지워지지 않으며, 오히려 부재의 순간에 더욱더 생생하게 감지될 수 있음을 보여준다.

여기, 사라진 연인의 행방을 찾아 헤매다 한 계절을 다 보내버린 남자가 있다. 목공예 공방을 운영하는 '나'는 '은영'과 유기견 센터에서 봉사활동을 하다 만나 연인이 된다. 그러던 중 은영이 갑자기 자취도 없이 증발해 버린다. 문제는 흔적조차 없이 사라져 버린 그녀가 자신과 한 계절을 함께 한 연인이었다는 진실도, 나아가 그녀가 이 세상에 존재했다는 사실도 확인할 길이 없다는 점이다.

여름의 흔적을 지워가는 가을에 이르러서야 나는 은영의 지인을 통해 그녀가 이미 이 세상에 없는 존재라는 사실을 알게 된다. 이 세상에서 저세상으로 스스로 "환승"해버린 그녀의 슬픔과 절망을, 생의 의미와 죽음의 이유를 "가늠할 수조차 없던" 나는, 상실감 속에 미망의 시간을 견디고 견딘 후에야 비로소 은영의 존재가 어디에 남아있는지를 깨닫게 된다. 카톡 기록이나 통화 녹음, 함께 찍은 사진 속이 아니라, 화요일의 유기견 센터와 연못, 플라타너스 나무 밑, 고양이 밥을 주며 다녔던 놀이터와 낯선 동네의 골목들, 그리고 호랑지빠귀 울음소리를 듣기 위해 함께 지새웠던 어느 새벽같이, 그녀의 생은 함께 나눈 시간과 공간으로 남게 된다는 것을 말이다.

여름 철새인 호랑지빠귀는 계절이 바뀌면 떠나가지만, 호랑지빠귀의 존재는 여름이 지난 후에도 그 계절이 존재했음을 증명해 준다. 마치 밤이 되어야 보이는 낮달, 새벽이 되어야 들리는 새의 울음소리처럼 보이지 않고 들리지 않는 순간에 더욱 선명해지는 그녀의 실존처럼.

우주의 한 점도 되지 못한 미약한 존재로 만나 찰나 같은 순간을 공유했을 뿐이지만, 내 기억 속에 깃들어 있는 한 은영이 '여기' '이곳'에 살아 있었다는 건 부정할 수 없는 진실로 남게 될 것이다. 그러므로 그녀가 여름을 일컫던 명명법인 '고양이의 계절'이란 무수히 반복되는 누구나의 여름이 아닌, 누구와도 닮지 않은 그녀만의 계절, 그녀만의 고유한 실존에 대한 은유나 다름없다.

이쯤 되면 우리는 김영석 소설에서 죽음을 생각한다는 것의 의미가 무엇인지를 어렵지 않게 알아챌 수 있을 것이다. 소멸과 부재가 불러일으키는 두려움과 고통, 허무를 회피하지 않은 채로 죽음이 소급하는 삶의 의미를 추체험하고, 대상이 남긴 흔적을 내 삶의 일부로 오래도록 남겨두는 일이란 것 말이다.

지금까지의 경로대로라면, 이제 우리가 마지막으로 향할 작품은 <산타 키아라 광장에서 추는 춤>이다. 이 소설은 애도가 어떻게 새로운 차원의 삶으로 옮겨가는 윤리적 계기가 되는지를 보여준다는 점에서 우리의 마지막 독해의 자리에 배치되는 게 마땅하리라 생각한다.

배경이 되는 아시시의 산타 키아라 광장은 춤과 노래, 말과 몸짓이 넘실대는 생명력 넘치는 장소다. 이 광장 한쪽 편 키아라 성당에는 성 프란체스코를 섬겼던 성녀 키아라의 미라가 잠들어 있다. 천년의 시간을 거슬러 부패하지 않은 존재로 남은 미라의 존재는 헛된 줄 알면서도 죽음에 저항해 온 인간의 안간힘과 몸부림의 흔적과도 같다. 과거와 현재가 접속하고 죽은 자와 산 자가 어우러지는 이런 광장의 속성은 소설의 서사를 이해하기 위한 효과적인 착점으로 기능한다.

사업차 이탈리아에 머물고 있던 '나'는 3일간의 아시시 여행 중 우연히 암 환자 샬럿을 만나게 된다. 그녀는 취리히의 존엄사 지원단체인 디그니타스의 도움을 받아 '조력 죽음'을 실행하기로 예정한 상황이었다. 샬럿이 이런 형태의 죽음을 선택한 이유는 교통사고로 하반신이 마비되어 침대에 누운 채 죽어가는 남편을 보며 "자기 자신인 채로 죽기로 결심"했기 때문이다.

영국인 할머니 샬럿은 죽음을 앞두고 생의 마지막 장소로 키아라 광장을 찾았다. 그녀에게 이곳은 아시시 출신의 남편에게 프러포즈를 받았던 아름다운 추억의 장소이기 때문이다. 어쩌면 그녀는 자신의 마지막 기억을 생의 가장 빛나는 순간이 깃들어 있는 장소에서 멈추고 싶었는지도 모르겠다. 죽음은 선택이 아닌 운명임에도 불구하고 이 운명을 자신의 방식으로 수행하고자 한 샬럿은 죽음에의 자발적 의지를 보여준 것이다. 그러나 이 의지 또한 삶에서 연원한 것임을 부인할 수는 없다. 생전의 남편과 "더 많이 걷고 함께 춤을 췄어야 했다"는 샬럿의 후회 역시 죽는 순간까지 생을 완전히 연소시키려는 의지를 가진 자에게만 허락된 축복일 것이다.

샬럿의 미망으로 남은 그 '춤'은 나에게 오래전 죽은 고모가 끝내 추지 못한 '춤'을 연상시킨다. 34살 남도미, 예쁜 이름을 가졌고 노래를 잘 부르며 푸른 바닷속 인어처럼 아름답고 자유롭게 춤추기를 갈망했던 고모는 교통사고로 하반신이 마비되어 어두운 방 한구석에 갇혀 지내다 심장마비로 홀연히 세상을 떠나고 말았다.

병사의 운명을 거부하고 존엄사를 선택한 샬럿이나 젊은 나이에 돌연사한 고모나, 어떤 순간에 어떤 죽음을 맞든 변하지 않는 진실은 그녀들이 한때는 "검고 뜨거웠던 피"가 흐르는 육체를 가지고 자유롭고 뜨겁게 춤추고자 했던 인간들이란 점이다. 유랑의 고단함과 운명의 가혹함 가운데 삶을 지켜낸 집시의 춤처럼, 오직 인간만이 고통 속에서도 춤출 수 있다. 그러니 샬럿이 남편과 함께 추지 못한 왈츠나 실현되지 못한 고모의 춤은 이들이 가망 없는 가운데도 생을 이어 나가려는 열망을 결코 거둔 적이 없다는 반증이 아니고 무엇이랴.

바늘 끝에서 금세 솟아나는 붉은 피는 그녀들의 뜨거운 생의 증거일 터, 끝까지 자기 몫의 삶을 완수하고자 했던 그 가망 없는 열망과 의지가 그녀들을 죽음의 순간까지 살게 한 것이리라. 그리하여 고모의 마지막을 지키지 못했던 나는 샬럿이 스위스로 떠나기까지 짧은 순간을 함께 하면서 그녀 생의 최후의 동행자가 되어 죽음으로 향하는 그녀를 배웅하고자 한다.

소설의 마지막 장면에 이르면, 이런 나의 애도가 고모와 샬럿, 나아가 우리 모두를 위한 연민으로 확장되고 있음을 볼 수 있다. 아시시의 황금 들판과 파도가 출렁대는 바다의 풍경이 포개지면서 산타 키아라 광장에서 붉은 치마를 입고 자유롭게 춤추는 여자와 샬럿과 고모의 모습이 겹쳐지는 이 마지막 장면이 우리에게 아름답고도 애틋한 잔상을 남기는 이유는 이 때문일 것이다.

3. 애도의 윤리, 연민에서 태어나는 주체

김영석의 애도는 이렇게 상실에 머물러 부재를 실감할 때까지 생각을 멈추지 않는 데서 출발한다. 그리고 죽음이 삶의 의미를 되살릴 때까지, 지금은 '있지 않음'이 그때는 '있었음'을 상기시킬 때까지 지속된다.

이런 애도를 통해서만이 우리는 나만의 슬픔에서 벗어나 모든 죽은 것, 죽어야 하는 존재들을 껴안는 '연민'의 자리에 설 수 있게 된다. 자신의 죽음에서조차 소외될 수밖에 없는 모든 인간의 취약성에 대한 연민이 최후의 애도가 되어야 하는 까닭은 이 때문이다.

이렇게 에고를 넘어 죽은 것, 죽어야 하는 것들을 껴안으며 슬픔 속에서 태어나는 연민의 주체를 바르트는 윤리적 주체라 명명한 바 있다. 그리고 이 순간 윤리적 주체를 통해 새롭게 열리는 삶을 '비타 노바(Vita Nova)'라 부르고자 했다. 단테의 소설 제목이기도 한 비타 노바는 라틴어로 '새로운 삶'이란 의미를 지닌다.

김영석의 소설은 이 새로움이 무책임한 긍정과 막연한 희망을 함부로 투석하는 일과는 거리가 멀다는 사실을 알게 한다. 김영석을 통해 짐작건대, 이 새로운 삶이란 죽음과 소멸의 편재성을 인정함으로써 가능한 삶, 나와 무관한 누군가의 실존을 잊지 않는 삶, 나아가 타자와 나의 연결됨을 상상하게 하고 그 가능성으로 다른 존재를 돌볼 수 있게 되는 삶 같은 게 아닐까.

우리는 문학이 이 세계의 중력에서 우리를 해방시키는 힘을 가지고 있음을 의심하지 않는다. 문학은 여기가 아닌 '바깥', 보이지 않는 '너머'의 세계를 생각하고 상상하게 함으로써 불가능의 조건을 변경하고 외부의 압력을 견딜 만한 것으로 바꿀 수 있는 능력을 빌려준다.

이런 문학을 통해 죽음을 생각하는 일은 아직 당도하지 않았지만 언제든 도래할 수 있는 재앙과 소멸, 상실과 폐허를 상상할 수 있는 능력을 갖추어 감을 의미한다. 이것은 펜데믹으로 재난과 죽음이 도사린 이 세계의 잔인한 얼굴을 목격한 이후에도 그 '다음'의 일상을 지속해 가야 하는 우리에게 매우 긴요하고 절박한 능력이 아닐 수 없다.

이런 의미에서, 죽음을 이야기하는 김영석의 소설은 결국 삶을 지속하기 위한 글쓰기라 할 수 있다. 그래서 우리가 그의 소설을 읽는 이 시간은 조금씩 더 삶 쪽으로 걸음을 옮겨가는 시간이다. 삶을 지속한다는 게 비록 가망 없는 시간을 묵묵히 이어가는 일에 불과하다 할지라도, 죽음의 공포 가운데서 생명의 춤을 출 수 있는 인간만이 자기 삶의 존엄과 경이를 스스로 증명할 수 있으리라.

그래서일까. 김영석의 소설을 읽다 보면, "죽음의 실체는 우리를 파괴하지만, 죽음에 대한 생각은 우리를 구원"한다는 하이데거의 전언을 기꺼이 믿고 싶어진다.

임정연 (문학평론가, 안양대학교 국어국문학과 교수)

푼타아레나스행 택배『한겨레 손바닥문학상』가작 2018년 제9회 | 산타 키아라 광장에서 추는 춤『문예지 문학나무』2018년 여름호 신인상 수상작 | 프랑스 말로는 코아코아『문예지 문학마당』2018년 제48호 | 강화, 카프리 그리고 섬섬『문예지 문학나무』2019년 여름호 | 온 세일『문예지 두레문학』2021년 제30호